AU GRÉ DES VENTS
Nouvelles vécues

Jacqueline MINSSIEUX

AU GRÉ DES VENTS
Nouvelles vécues

Nouvelles

LES ÉDITIONS LA BRUYÈRE
128, rue de Belleville
75020 PARIS

ÉDITIONS LA BRUYÈRE
ISBN : 978-2-7500-1374-5
Dépôt légal : 1er trimestre 2019

« Quand une lecture vous élève l'esprit
Et qu'elle vous inspire des sentiments
Nobles et courageux, ne cherchez pas
Une autre règle pour juger de l'ouvrage,
Il est bon et fait de main d'ouvrier »

La Bruyère

SAUVETAGE

L'autre jour, au Parc de la Tête d'Or à Lyon, un drame affreux a failli arriver qui n'a été évité que grâce à la présence d'esprit et le courage de mes amis Renée et Georges.

Voici ce que Renée me raconta, encore tout en émoi:

C'était, je m'en souviens, le 5 avril 2004. Il faisait très froid ce jour là et le ciel était gris.

Nous décidons malgré tout de sortir prendre l'air, mon mari et moi, et prenons la voiture pour aller marcher au Parc. Les feuilles mortes amoncelées par les vents glacés de l'hiver formaient à nos pieds un tapis roux et humide. Chaudement vêtus, nous marchons d'un bon pas et longeons le canal à proximité du restaurant. Celui-ci semble animé car c'est l'heure du déjeuner, mais alentour, il n'y a pas grand monde.

Pourtant, si ! Un petit garçon de deux à trois ans joue là, tout près du canal, tout seul en apparence car nous ne voyons personne... C'est vraiment imprudent! la mère va-t-elle, sans tarder, surgir et intervenir ? Je regarde autour de moi : personne, toujours personne ! Reportant alors mon regard vers l'enfant, tout à coup je ne le vois plus ! Mais où est-il passé ?

C'est alors que j'observe à la surface de l'eau des cercles concentriques : mon sang ne fait qu'un tour, pas de doute, c'est l'enfant qui vient de tomber dans le canal ! Il faut agir et vite !

Il y va de sa vie ! Georges quitte prestement sa veste et se met à délacer ses chaussures, trop lourdes pour nager !.. non, ce sera trop long ! Je sens que chaque seconde compte, est cruciale: il faut absolument y aller tout de suite ! Alors, vite je descends tout habillée dans cette eau trouble et froide. J'en ai jusqu'à la ceinture... L'enfant est sous l'eau, c'est une certitude, car il fait surface une seconde, une fois, deux fois et s'enfonce de nouveau... Il n'est qu'à quelques mètres mais je peine à l'attraper car j'ai de l'eau jusqu'à la poitrine et, pire, il s'éloigne au fur et à mesure. Voilà que je n'ai plus pied ! Cette fois-ci, je dois me mettre à nager... Georges me rejoint alors à la nage. Courage, nous arrivons ! Encore une brasse, et le voilà enfin ! Nous le saisissons et maintenons sa tête hors de l'eau, tant bien que mal... Et, tant bien que mal nous atteignons la rive et le déposons enfin sur l'herbe...

Le pauvre petit tousse et crache, mais il est vivant ! Dieu soit loué !

Georges était là, heureusement car, sans lui, je n'aurais jamais pu regagner la rive : C'est lourd le corps d'un enfant, surtout à demi noyé, lorsqu'il faut le faire en nageant et en soulevant sa tête. Tout blanc, il tremble de froid, et nous aussi, mais la gravité du moment nous empêche d'en avoir conscience. Nous le secouons, le frictionnons : pauvre petit, il a eu si peur !

Et la mère qui n'est toujours pas là ! Mais où est-elle donc ?

Je laisse Georges avec l'enfant pour aller à sa recherche : il le prend par les pieds, la tête en bas pour le faire cracher toute cette eau boueuse : il pleure fort mais n'appelle pas sa maman...

Enfin à cent mètres, dans un petit square, je vois deux femmes sur un banc en train de bavarder... Haletante, je leur crie :

« Un petit garçon vient de tomber à l'eau : nous l'avons retiré, mais est-ce votre enfant ? »

Alors, enfin, réagit la femme n'ayant pas eu seulement le temps de s'inquiéter, n'ayant rien vu, rien entendu, car tout s'est passé dans le plus grand silence et si vite ! Elle arrive et voit le petit tout dégoulinant d'eau et de boue, tout blanc et perturbé... Elle a peut-être compris, en tous cas, elle n'a posé aucune question. A peine ais-je eu le temps de lui recommander de montrer l'enfant au médecin à cause de cette eau polluée, que, tournant le dos, elle s'éclipse à toute vitesse, se contentant d'un rapide merci, peut-être honteuse, espérons-le…

La femme a-t-elle réalisé que nous étions, nous aussi, trempés ? Aurait-elle pu retrouver l'enfant égaré si nous n'avions pas été là pour le voir tomber dans ce canal ?

Et à qui imputera-t-elle cette incroyable imprudence ? L'enfant était si jeune, si éloigné de l'âge dit de raison...

Demeurés seuls, dans un lourd silence, nous restons pétrifiés, sous le coup d'une émotion intense...En un éclair, nous venons de vivre un vrai drame : un enfant se noyait sous nos yeux, nous avons réussi à le sauver ! ... Nous avons du mal à réaliser car tout s'est passé si vite... Mais personne alentour, personne pour recueillir le flot tumultueux de notre émotion...

Le froid qui nous saisit nous ramène à la réalité. Georges remet sa veste, relace ses chaussures. La voiture est à un kilomètre.. Il faut vite la rejoindre.

Nous tremblons de froid et nous sentons très mauvais. Couverts de boue, de feuilles et de brindilles, tout mouillés que nous sommes, nous allons être pris pour des clochards !

Et notre voiture dut, elle aussi, nous accepter dans cet état...

Arrivés devant chez nous, nous nous dévêtons entièrement sur le palier en claquant des dents et nous nous précipitons tous les deux sous la douche : Ah ! que la chaleur est bonne !

Pourtant, une question lancinante nous poursuit : pour manquer autant de vigilance, cette femme était-elle la vraie mère ? Et puis, comment être sûrs que l'enfant soit en bonne santé ? Qu'un médecin l'aura vu et soigné ?

Nous aurions tant souhaité avoir des nouvelles. Mais non, rien, nous ne saurons jamais rien, pas de nom, pas d'adresse...

Longtemps je me suis réveillée la nuit en pensant à ce petit bonhomme laissé sans surveillance, à l'indifférence apparente de la mère présumée.

Nous ne pourrons jamais oublier un tel drame, mais nous gardons au cœur une joie profonde et silencieuse, celle d'avoir contribué à sauver un petit garçon innocent.

Tout cela aurait pu faire l'objet d'un compte-rendu dans la Presse et de la remise d'une médaille de sauveteur. Mais nul n'en a rien su et, de toutes façons, mes amis ne sont pas du genre à chercher la notoriété. Cela va rester ignoré. Mais moi, j'ai recueilli ce témoignage car il fallait bien que s'exprime une telle tension émotionnelle... Je ne fus que la confidente et, partageant leur émoi, je tenais à vous faire connaître le courageux geste de mes amis.

SOUVENIRS D'UN MÉDECIN DE CAMPAGNE

« J'avais soutenu ma thèse de doctorat et, ayant assumé mon service militaire, je voulais commencer avec joie cette activité de médecine qui m'attirait vraiment en bien des points dont le caractère humain.

J'inaugurais donc ma profession en remplaçant un médecin qui voulait partir trois semaines en vacances. Il exerçait dans un petit bourg du Charollais. Cela me convenait car j'aime la campagne et les gens qui y vivent.

Après les recommandations d'usage du docteur : « surtout, pas d'histoires ! » je m'installe. Mais à quoi faisait-il allusion ? Peut-être à des histoires sentimentales, car j'étais jeune... Quoi qu'il en soit, je n'avais aucune intention de ce genre, décidé à faire mon travail avec sérieux.

Or, dès la première nuit on sonne et tape vigoureusement à la porte : « docteur, venez vite un voisin s'est pendu ! » Terrible requête... Mais pas question d'avoir des états d'âme. J'attrape ma trousse médicale et je pars aussitôt avec cet homme affolé.

J'entre alors dans le grenier où l'homme s'est pendu. Il a été détaché. Un petit groupe d'hommes l'entoure, le maintenant au sol car il se débat terriblement, et hurle « je veux me jeter par la fenêtre ». La marque de la strangulation lui fait un long sillon sur le cou… Il est furieux de voir arriver le médecin et de s'être raté.

Il fallait faire absolument et vite une injection calmante ! Ce ne fut pas chose aisée tant il était agité, mais les hommes m'ont assisté et j'y parvins…

Alors l'homme s'est calmé peu à peu.

L'ambulance du village est arrivée très vite et le blessé a pu partir aussitôt pour un hôpital de Lyon. L'ambulancier semblait aguerri et m'a rassuré sur son arrivée sans problème.

Je pense qu'il s'en tirera, pour cette fois au moins, car son père l'ayant entendu monter au grenier et se doutant de l'intention de son fils l'a rejoint aussitôt et l'a soutenu comme il a pu tout en criant et appelant de l'aide sur laquelle il a pu compter très vite.

Ouf, je respirais ! Mais pour un début, ce n'était vraiment pas prévisible… Ce fut difficile, traumatisant, mais j'ai fait face et en fus heureux.

Après cette nuit terrible, dès le matin la salle d'attente était comble, car c'était jour de marché et toute la population des environs rejoignait le bourg. La salle d'attente bruissait des commérages de toutes ces personnes avides de rencontres et de nouvelles et, sans doute, celle de la pendaison n'était pas la moins commentée. Il faut ajouter que les palabres ont duré longtemps car sitôt sortis de mon cabinet, les patients retournaient bavarder dans la salle d'attente... N'est-ce pas l'un des rôles essentiels du marché… et du cabinet médical… que de réunir les habitants dispersés dans les hameaux alentour ?

Enfin, en y songeant longtemps après, je peux dire que cette première expérience médicale à la campagne s'est très bien passée et c'est ainsi que je fis mes premières armes de médecin généraliste ».

LA VENUS DE MILO

Je retrouve un jour dans un très vieux livre l'histoire peu connue de la découverte à Milo de ce chef-d'oeuvre de l'art grec qui fut offert au Roi de France Louis XVIII par le marquis de Rivière, ambassadeur à Constantinople. Ecoutez cette incroyable histoire...

En 1820, le lieutenant de vaisseau Dumont d'Urville participe avec le commandant Gauttier, à bord de « la Chevrette » à une mission très importante : faire l'hydrographie de l'archipel grec. Originaire du Calvados, éminent helléniste, Dumont d'Urville est chargé de recherches en botanique, entomologie et archéologie.

Le 16 avril, la Chevrette jette l'ancre dans la rade de Milo, lieu connu des archéologues, pour cinq jours. Dumont et son ami le lieutenant Matterer sont reçus par le consul qui leur annonce, enthousiaste : « une statue vient d'être trouvée sous terre, dans un champ par un pâtre qui veut me la vendre ! Cela ne me convient pas, mais allons la voir dans la chaumière où elle est déposée : Quelle surprise ! C'est une superbe statue de femme en marbre de Paros ! »

Or, une polémique et un mystère surgissent sur la question de la présence ou non des bras de la statue lors de sa découverte car un récit de Matterer[1] datant de1842 indique que « malheureusement, les deux bras étaient cassés et le bout du nez un peu altéré » contredit celui de d'Urville à l'Académie des Sciences, en 1821, *donc bien avant* !... Et ce n'est que beaucoup plus tard que Matterer avoue avoir menti pour de bien regrettables raisons d'avancement…

Voici donc le récit véridique de Dumont d'Urville en 1821[2] « La statue, en deux morceaux, joints par deux tenons de fer, représentait une femme nue dont la main gauche relevée tenait une pomme et la droite soutenait habilement une ceinture drapée et tombant négligemment des reins jusqu'aux pieds. Du reste, elles ont été l'une et l'autre mutilées et sont détachées du corps. La figure est très belle et serait bien conservée si le bout du nez n'était entamé. »

On comprend donc que la perte des bras s'est produite entre le moment où lui, Dumont, accompagné de Matterer et du consul ont découvert la statue et celui où elle a été apportée en France.

Il faut dire que ce transfert fut difficile et rocambolesque:

Ayant reconnu la valeur de la statue mais ne pouvant ni l'acheter ni la placer à bord, les officiers partent pour Constantinople et en parlent à l'ambassadeur avec tant de flamme qu'un jeune secrétaire Marcellus obtient de partir aussitôt à Milo sur l'Estafette pour la rapporter...

Hélas, il arrive au moment où la statue, vendue par le paysan, allait être chargée sur une petite barque ! L'affaire se compliquait sérieusement. Une troupe de grecs armés de gourdins encadrent un brancard sur lequel étaient couchés sans soin les deux blocs de la statue, liés de cordes grossières « comme une captive menée au cachot »; Marcellus appelle des matelots à l'aide pour libérer coûte que coûte une si belle déesse : un véritable combat pour se faire enfin céder la statue : jetée brutalement à terre, traînée sur les rochers du rivage, la statue perdit ses bras qui n'ont pu suivre : terrible enlèvement qui a, hélas, provoqué de grands dommages!

Car cette Vénus, à l'origine, rappelait beaucoup la gracieuse Vénus d'Arles offerte par cette ville à Louis XIV. On comprend donc qu'un certain malaise a entaché l'acquisition difficile de la Vénus de Milo par la France.

Il n'en reste pas moins que, grâce à la détermination de l'ambassadeur et de Marcellus, grâce aussi au coup d'oeil clairvoyant de Dumont d'Urville, la merveilleuse Vénus de Milo est offerte au Louvre, à l'admiration de milliers d'amateurs d'art.

Qui de vous, inconsolable et décidé, pourrait aller chercher et retrouver à Milo les deux bras de la merveilleuse Vénus ?

Cf. l'ouvrage : « Dumont d'Urville » par Camille Vergniol (La Renaissance du Livre)

(1) : Récit de Matterer en 1842 : notes sur le Contre-Amiral d'Urville

(2) : Récit de Dumont d'Urville en 1821

MIRACLE EN MONGOLIE

Comment oublier cette émission de télévision de ce 24 Novembre 2016 « Rendez vous en terre inconnue » qui nous fit partager la vie d'une famille traditionnelle en Mongolie ?

Une yourte isolée, perdue dans une steppe immense et désertique où le regard erre dans l'espace pour enfin apercevoir à l'horizon lointain les montagnes bleutées de l'Altaï. Silence, froid intense, ciel bleu vif en ce début Avril, ce sont les dures conditions de vie des nomades à des lieues d'Oulan Bator...

Des heures d'avion, puis une camionnette brinquebalante dépose enfin les visiteurs dans un lieu improbable : pas un être vivant ni homme, ni bête, où le regard erre dans l'espace cherchant en vain la silhouette du nomade attendu: une inquiétude se fait jour....

Enfin apparaissent au loin des formes vagues : ce sont des chameaux, espoir ! Au bout d'un moment, les voilà : un homme et son fils d'une dizaine d'années, chaleureux. Encore une heure de chevauchée dans la steppe, puis la yourte se dessine dans une courbe du paysage. On aperçoit aussi un grand troupeau de chameaux broutant ça et là quelques épines.

Et voilà la yourte ! Nos hôtes arrivent avec de grands sourires et de vigoureuses poignées de mains. Leurs visages, halés par le grand air sont beaux. Ils portent des bonnets de laine et de lourds manteaux car le froid ici peut atteindre moins 50°. Le père s'appelle Nyamsuren et nous présente son épouse et ses deux autres grands fils qui vivent avec eux sous la yourte.

Certes, il n'y a pas d'électricité mais l'intérieur est vaste, confortable et presque cossu avec de chauds tapis de laine de chameau. Un poêle trône au milieu de la pièce unique, utilisant comme combustible les crottes du troupeau toutes rondes et sèches comme les boulets de charbon d'autrefois. Il fait bon ! La mère ôte son bonnet, découvrant une longue et épaisse chevelure brune joliment tirée en arrière. Elle est soignée dans sa mise, elle est belle et avenante. Elle apporte des bols de lait de chamelle et des gâteaux, puis elle montre à ses hôtes les nattes où passer la nuit : tout le monde dort côte à côte dans la pièce unique, aussi on peut continuer à se parler bien au chaud sous les couvertures si on ne sombre pas tout de suite dans le sommeil… Mais la fatigue a raison de tout et le silence s'installe.

Car, dès le lendemain matin, il faut s'activer : corvée d'eau, c'est vital ! Il faut aller au dessus d'un lac gelé casser à la hache de gros blocs de glace et les hisser sur les chameaux, c'est la provision pour deux jours. Et, dès le retour, il faut s'occuper des animaux : chameaux mais aussi moutons et chèvres. Les chameaux sont les plus nombreux et Nyamsuren en est fier, à juste titre, car ils sont beaux avec leur épais pelage ocre clair ou foncé, leurs longs poils laineux et souples leur regard vif, et leur compagnie chaleureuse... Il faut traire les chamelles une à une mais c'est une aubaine que ce lait nutritif pour toute la famille. Puis il faut pousser le troupeau plus loin pour qu'il trouve sa nourriture. Il faut aussi traire les chèvres et regrouper les petits agneaux qui, eux, dorment le soir dans la yourte à cause du froid. Mais que fait ce petit nouveau-né tout seul abandonné au sol ? Retrouver la mère est impératif s'il veut survivre. Enfin la voilà et le petit peut se faire lécher et téter... Plus loin un jeune chameau vient de naître, il n'est pas beau, tout noir, encore très gauche sur ses longues pattes, les bosses à peine ébauchées alors qu'adulte elles seront hautes et magnifiques.

Toute la famille participe aux travaux quotidiens et le soir rassemble tout le monde autour du poêle pour un bon repas de viande de chameau et de laitages .

On pourrait trouver de la monotonie dans ces travaux quotidiens, de la dureté dans ce climat extrême, ces conditions d'existence et l'isolement... C'est vrai, concède Nyamsuren, mais il exulte en nous confiant sa joie de vivre dans une nature aussi belle avec autour de soi sa famille et son superbe troupeau de chameaux à élever et aussi à entraîner à la course. Car il y a chaque année des fêtes qui réunissent les nomades de presque toute la Mongolie et, lui, en est un fervent participant.

Comment ne pas ressentir comme lui, ce grand souffle de vie et de liberté devant l'immensité de ce paysage, sa beauté fascinante, le grand ciel changeant, les couchers de soleil tout rouges au dessus des collines, les troupeaux heureux et même le vent et le froid qui font toucher à l'infini ?

Vivre ensemble en partageant toutes les activités, travail, repas, sommeil ne peut laisser indifférent.

Des liens très forts se sont tissés au fil des jours entre les visiteurs et ces nomades si attachants. Au cours d'une de ces soirées la profondeur de cette amitié se vérifie : une réelle intimité s'est instaurée et cette famille s' exprime en confiance sur sa vie : espoirs, joies, soucis aussi, car leur deuxième fils voudrait partir en ville, aller à l'école, ne pas assumer la dure vie de ses parents. Ce projet les attriste beaucoup. Son frère, par contre, affirme sa volonté de rester, il ne veut pas laisser seuls ses parents et puis il aime ce pays, cette vie forte dont il savoure les valeurs.

Le père explique comment, après des années très dures a cause d'un excès de neige, d'une pénurie presque complète d'herbe, du manque de nourriture, il avait perdu les trois quarts de son troupeau, mais, aidé par son père, il avait réussi à remonter la pente.

Et voilà qu'il raconte comment il a rencontré sa femme :

C'était au cours d'une fête, dans un village lointain où l'avait attiré une course de chameaux. Détournant un instant les yeux du spectacle, il les porte sur la foule et son regard s'arrête soudain sur une jeune femme, longuement... Il s'approche et parle un moment avec elle. Il sait qu'il ne l'oubliera pas et il emporte avec lui son regard. Une année passe et il revient la voir pour faire sa demande. Elle dit qu'elle doit réfléchir car la vie nomade est dure, elle le sait. Finalement, elle accepte, puis part avec lui. Elle insiste pour dire en être toujours très heureuse et, lui, renchérit très fort en riant. Ils ont eu trois beaux garçons aux cheveux noirs, le dernier d'une dizaine d'années.

Or, sous la yourte, la présence d'une petite fille d'un an aux cheveux clairs, aux joues rondes et roses, choyée par tous intrigue... la maman la serre sur son coeur et fait signe: elle veut dire quelque chose et elle nous dévoile son touchant secret :

Ce couple, si uni, déplorait de n'avoir pas de fille et la mère en souffrait profondément. Aussi, apprenant la naissance d'un bébé chez une très jeune fille souhaitant le donner, leur sang n'a fait qu'un tour et l'adoption a été décidée aussitôt. A cet aveu, des larmes perlent à ses yeux et l'émotion se diffuse sous la yourte et gagne tous les coeurs... Son nom ? C'est « notre Trésor », nous confient-ils d'un commun accord et leur joie se lit sur leurs visages et la fillette souriante et espiègle se jette dans les bras cherchant le sein maternel..

.

Mais l'histoire n'est pas finie: au début, le bébé ne supportait pas bien le lait de chamelle, ne prenait pas de poids, dépérissait...

La maman était terriblement angoissée : que faire pour que « notre Trésor » vive ? Le perdre serait un chagrin insurmontable... Mais comment trouver du lait maternel si loin de tout dans cette steppe désolée ?

Alors, cette mère décidée s'est mise à se concentrer sur l'idée que son grand amour finirait par réveiller en elle la source du lait qu'elle avait donné à ses fils voilà dix ans et elle a mis le bébé très souvent, sans relâche, à téter son sein… Et elle était si confiante que le miracle est arrivé ! progressivement, la lactation s'est rétablie : La fillette était sauvée !

Alors la joie est revenue, « notre Trésor » ensoleillant toute la famille !

Mais comment expliquer ce miracle ? Quelle merveille qu'un puissant amour ait pu s'allier avec la nature pour combler cette famille du bout du monde si aimante, si chaleureuse.

« Notre Tésor » murmure doucement la maman en serrant sur son coeur sa fille, cadeau du ciel. Et une grande émotion envahit la yourte...

A-t-elle eu vent de cette merveilleuse aventure en son sein la sauvage steppe de Mongolie ?

Comment ne pas être touché par cette histoire, étonnante et vraie, révélatrice de l'infini pouvoir de l'amour ?

EN PROCÈS

Emanant d'un ancien avocat du barreau d'un petit tribunal de province, voici quelques savoureux souvenirs vécus :

C'était le tout début de ma carrière et, pour la première fois, je fus commis d'office pour défendre un vieux traîne-misère qui avait volé une femme âgée sans guère plus de ressources que lui.

Je devais donc le voir et le questionner pour préparer ma plaidoirie, mais je fus frappé de découvrir ce vieil homme, barbu et chevelu, dans un indescriptible état de crasse, vêtu de loques pouilleuses et qui n'en était pas moins repoussant par son insupportable odeur...

Je dus me résoudre, pour ne pas me sentir mal, à le faire asseoir à plusieurs mètres de moi !

Au demeurant, un brave homme mais hélas, tombé si bas qu'on aurait pu le croire issu de l'ère des cavernes.

J'obtins pour lui une peine normale de prison assortie de la restitution de son larcin à la plaignante. J'ai pensé qu'un petit séjour en prison lui permettrait de nettoyer son corps et ses nippes et le ferait réfléchir au respect d'autrui et de ses biens.

A la sortie, l'accusé, très satisfait du verdict, fit mine de vouloir m'embrasser ! Aussi, très vite, je lui donnais une chaleureuse poignée de main mais je m'en tins là, vous devinez pourquoi...

***

*

Dans cette campagne, un charcutier du village faisait l'objet de plaintes pour avoir négligé l'hygiène élémentaire requise légalement pour ses préparations.

Il fut inculpé et condamné d'une part à mettre aux normes, dans les meilleurs délais, son commerce trop vétuste, et d'autre part à une peine de prison... Ma plaidoirie lui obtint *le sursis* et, comme, en avocat qui se respecte, je le raccompagnais à la sortie de la salle d'audience, le voilà qui se précipite pour m'embrasser avec fougue, tout heureux d'avoir échappé à la peine de prison ferme.

La greffière qui assistait à la scène a bien ri ce jour-là. Quelques jours plus tard je reçois une lettre très maladroite, écrite en caractères phonétiques, mais bien émouvante, à son avocat bienveillant avec ces mots :

« Maître, vous avez si bien parlé que j'ai cru que c'était moi qui parlais »

Saucisses ou boudins ont-ils suivi ? Sans doute était-il préférable pour l'avocat d'attendre le retour de l'hygiène dans la charcuterie en question.

***

*

EN CORRECTIONNELLE

Où un chien folâtre finit par conduire en Correctionnelle son maître incrédule et consterné suite à une mésaventure inédite et rocambolesque.

C'est sans doute par l'intermédiaire de l'Association de chasse locale que cette affaire insolite est parvenue aux oreilles du Procureur :

M. X, un brave homme du village, sans histoires, est sous le coup d'une double inculpation :

1e délit : la chasse au renard étant soumise à des règles strictes l'homme a enfreint la loi car cette chasse n'était pas ouverte au moment des faits.

2e délit : il a utilisé une arme non autorisée pour la chasse, en l'occurrence, tenez-vous bien, une pelle mécanique !

Cet homme se promenait tranquillement dans la campagne avec son chien lorsque celui-ci pista un renard qui, effrayé, s'engouffra dans son terrier. Tout aurait pu s'arrêter là mais le chien et son maître se sont pris au jeu, et voilà le chien qui s'engouffre à son tour profondément dans le terrier... oui, mais voilà : il est coincé, tout au fond, et ne peut plus ressortir malgré les appels de son maître qui s'affole : il craint l'asphyxie pour son chien ! Oh ! il faut ouvrir le terrier, mais pelles et pioches sont inopérantes. Alors, poussé par l'urgence, notre homme s'empare d'une pelle mécanique qui se trouvait là et creuse jusqu'à délivrer son chien.

Ni le juge, ni le procureur, ni l'avocat ne se sont intéressés à l'état des deux pauvres bêtes, le renard et le chien, ce qui ne surprendra personne, mais on peut imaginer la détresse de l'homme. Son chien fidèle est en piteux état, va-t-il survivre ? Et le renard ? La peau du renard, que l'homme voyait déjà entourer gracieusement le col de son épouse... Et comble de malchance, le voilà inculpé et contraint à passer au tribunal ! L'homme était effondré car il aimait chasser.

Comment va pouvoir être jugée une affaire aussi inédite et rocambolesque ?

L'avocat a plaidé pour l'indulgence vis à vis d'un brave et honnête homme qui ne pouvait comprendre une telle inculpation, injustifiée à ses yeux: mais quoi ? Il voulait juste sauver son chien !

La magistrate a fait preuve de qualités humaines et le verdict fut clément : deux semaines de suspension de permis de chasse, au grand soulagement de notre homme...

Les salles d'audience voient vraiment défiler des affaires de toutes sortes et parfois, on le découvre, inimaginables.

USURPATION DE DOMICILE

«Du palais d'un jeune lapin, dame Belette un beau matin, s'empara,
Le maître étant absent, ce lui fut chose aisée...» *(La Fontaine)*

Cette bien fâcheuse mésaventure est arrivée réellement à une famille de Saint Etienne voilà quelques années mais notre ami avocat affirme que ce n'est pas si rare !

Laissons parler le chef de famille victime de ce « squatte » :

De retour, le soir, d'un séjour au ski d'une semaine avec nos petits enfants, nous apercevons de loin nos fenêtres éclairées. Un peu étonnés nous pensons que notre fille nous a fait la surprise de préparer le dîner avant de reprendre ses enfants.

Mais voilà, la surprise n'était pas celle qu'on attendait : franchissant la porte, nous nous trouvons devant un inconnu, un étranger qui parle mal notre langue, un costaud, souriant malgré tout, mais qui est-ce ? Et, aussitôt, nous apercevons dans le séjour une vingtaine de personnes, plusieurs familles, avec des bébés à la mamelle et d'autres vautrées sur le canapé et le tapis : Quoi, chez nous tout ce monde inconnu ?

Effondrés, abasourdis, décontenancés par l'audace de ces familles qui se sont installées dans notre appartement, comme chez eux, nous nous sentons outragés ! ...

Mais comment ont-ils pu entrer sans effraction apparente ?

Un trousseau de fausses clés ?

Que faire ? A cette heure on ne peut les jeter à la rue, en plein hiver... Nous leur faisons comprendre notre fureur et, d'ailleurs, ils s'en doutent. Nous reviendrons demain ! Nous filons à la gendarmerie où nous sommes accueillis avec une compassion inattendue : en effet, nous apprenons qu'étant absents de chez nous *depuis plus de 48h,* la loi ne nous autorise pas à expulser les intrus ! Il va falloir faire un procès qui peut durer des mois, voire des années... loi inhumaine s'il en est ! Et dire que nous ne sommes partis qu'une semaine !

Dans l'immédiat, furieux et le coeur gros, nous nous réfugions chez nos enfants, heureusement dans la même ville.

Le lendemain, après mûre réflexion, et prenant conscience de la difficulté d'une telle procédure nous décidons de retirer notre plainte et de proposer plutôt une somme d'argent aux envahisseurs moyennant leur départ immédiat : ils acceptent aussitôt, avec joie, et la nôtre n'était pas moindre assurément !

Des bijoux ou autres biens ont-ils été subtilisés ? Nous n'y avons même pas pensé dans l'énorme soulagement de leur départ...

Et eux ? Allaient-ils reproduire sans vergogne cette façon inadmissible de squatter le logement d'autrui en profitant de son absence ?

Nous n'avons pas osé, malgré tout, leur donner l'adresse d'un hypothétique ennemi...

Mais le comble n'est-il pas de rendre légale une telle usurpation de domicile ? ... Il est permis de le penser.

Á DEUX DOIGTS DE LA CATASTROPHE

Ce 16 septembre 2015 à Lyon.

Nous sommes à l'église, pour les funérailles de Mr X...

Le cercueil vient d'être placé devant le choeur. Son épouse et ses enfants sont là, bien sûr, au premier rang à gauche. Au premier rang aussi, à droite, plusieurs petits-enfants adolescents.

Avec quelques amies nous sommes à droite, au troisième rang.

L'assistance est nombreuse et recueillie car c'était un homme de bien. Ses enfants rappellent les bons souvenirs ainsi que le bien-fondé d'une éducation à la fois libre et exigeante. Ses amis évoquent des moments de sa vie bien remplie et altruiste.

La cérémonie se déroule normalement. Le silence relatif est entrecoupé par de très bruyantes bourrasques car le vent du sud souffle extraordinairement fort. Il doit pleuvoir aussi, mais l'on est à l'abri n'est-ce pas ? Pour le moment en tous cas : euphémisme ?

Erreur tragique !

Car soudain patatras ! Dans un fracas terrible une masse énorme s'abat devant nous, devant le chœur dans l'allée à droite, juste devant les adolescents, à deux doigts ! C'est la voûte qui craque me dis-je, il faut vite sortir !

Dans l'église c'est la panique : le prêtre est encore debout, car il n'était qu'à un ou deux mètres de l'impact meurtrier et les enfants encore plus près !...

Ouf, ils sont sains et saufs ! Personne n'est blessé mais tous, affolés, retiennent leur respiration dans la crainte d'un danger imminent.

Heureusement, le bouche à oreille fonctionne et on voit assez vite de quoi il s'agit : la plus haute fenêtre avec son lourd cadre métallique s'est descellée sous une très violente poussée du vent de sud et s'est fracassée juste dans l'allée entre le choeur et le premier banc des fidèles ! Cette masse énorme, tombée de plus de dix mètres, s'est effondrée exactement dans l'espace de deux mètres, ou moins, où elle ne toucherait personne ! Le cercueil, au centre est resté intact, de justesse...

Le jeune prêtre est pétrifié, comme tout le monde, mais une responsable a gardé son sang froid, elle rassure, expliquant l'accident, et fait placer toute l'assistance du côté gauche de l'église. Le calme revient et la cérémonie se poursuit et se termine.

On ressent, malgré tout, avec crainte, les très violentes bourrasques... On voit la poussière dégringoler des chapiteaux et recouvrir vêtements et têtes et l'on surprend des chuchotements : « dire que je suis allée chez le coiffeur ce matin ! » Oh, ce n'est rien, vraiment !

Mais comment ne pas penser aux nombreuses fenêtres qui nous surplombaient de là haut (l'église comporte une double rangée de fenêtres, sur deux hauteurs)

Si le vent les avait soufflées (ou les soufflaient de nouveau...) nous aurions été des dizaines à mourir ou à être blessées à vie sous cette masse terriblement lourde... Alors, l'effroi se change instantanément en action de grâce, car, ce jour-là, une vraie tragédie a été évitée.

Qui nous a préservés ?

Rassurons les fidèles : depuis, toutes les fenêtres ont été vérifiées de près et consolidées.

PLONGÉE DANS L' INSOLITE

Une amie me raconte:

C'était au début des années 2000, pour le Jour de l'An. J'avais besoin de me reposer après les fatigues inhérentes aux festivités : J'avais reçu mes enfants et petits enfants plusieurs jours. Donc, je cherche et trouve dans une revue sérieuse une maison dans la Drôme où l' on accueille volontiers les personnes seules. J'étais veuve et le silence d'une maison en pleine campagne m'était de bonne augure pour trois ou quatre jours. Et, ce qui donnait une certaine identité à la maison, un prêtre y serait disponible.

J'arrive donc par le train, puis l'autobus et, comme convenu, on vient me chercher en voiture car la maison est vraiment très isolée, loin de tout moyen de transport.

Nous y voilà enfin ! C'est une très belle et grande maison en bordure de la forêt. Ce sera des plus agréables et je m'en réjouis !

Cependant, en pénétrant dans la grande salle commune, je suis surprise de voir des gens qui pleurent, isolément un peu dans tous les coins, et j'en ressens comme un malaise...

Une dame âgée, sans doute la maîtresse de maison, vient m'accueillir : « Vous êtes en recherche spirituelle ? »

« Non, je suis seulement en vacances, je viens me reposer »

«Vous avez de la famille ? »

« Oui ! J'ai trois enfants et je suis grand-mère »

Elle semble déçue par mes réponses et quelque peu gênée...

« Vous savez, reprend-elle, que vous devez assister à des conférences et des rencontres : yoga, hypnose ? » Le ton est assez impérieux mais je n'ai aucune objection, étant ouverte à toute culture ou expérience nouvelle.

On m'offre un grand bol de tisane, bienvenue par ce grand froid. Cette tisane est extrêmement forte, poivrée et riche en plantes aromatiques, mais elle va me réchauffer !

Le soir, nous dînons « végétarien », c'était prévu et accepté. Hélas, le repas est ultra léger : potage et salade et, certes, de l'eau à satiété...

A l'heure du coucher, je me trouve très bien dans cette bonne chambre et m'endors vite.

Mais voilà qu'à trois heures du matin, je me réveille avec une sensation bizarre, celle de sortir de mon corps et de me regarder moi-même ! Mais qu'ai-je donc mangé ? Est-ce la tisane ? Ai-je été droguée ? Un peu affolée, je dois pourtant garder la tête froide... Il faut diluer le présumé poison ! Je me précipite vers le lavabo opportunément placé dans ma chambre, et je bois, je bois beaucoup d'eau... Au bout d'une demi-heure la sensation bizarre s'atténue et je me sens mieux. Je me rendors donc, un peu calmée.

Le lendemain il fait beau et froid et se promener dans la campagne est un vrai plaisir. Je rencontre une famille sympathique : des Belges venus de Bruxelles pour quelques jours de vacances avec leurs enfants. Lui, un médecin, m'apprend que la maîtresse de maison est sa propre tante, qu'il n'était pas venu dans cette maison de famille depuis dix ans : il ne reconnaît rien, s'étonne de l'ambiance bizarre, de la frugalité extrême des repas, de l'emploi du temps imposé, en un mot, il n'est pas content du tout ! Avec sa famille, il décide d'aller visiter les villages drômois et ils veulent partir dès le lendemain.

Le 31 décembre au soir est organisée une soirée sympathique et bon enfant avec des chansons. Ce jour-là sont arrivées une astrologue et une numérologue.

A minuit : toujours rien à manger mais tout de même une coupe de champagne !

Chacun est invité à passer sous le gui. Selon la manière d'y passer notre année en dépendrait !. L'astrologue nous fait alors dessiner quatre sujets sur le thème « votre avenir » elle les interprètera... Or, à chacun, elle n'annonce que des malheurs !

Mon tour vient: je trace exprès quatre objets positifs: une rose, un soleil, un bateau, un oiseau. Et l'astrologue de s'étonner : « vous êtes vraiment dans la joie ! Vous n'avez donc jamais eu de malheur ? »

« Si, madame, j'ai perdu mon mari ! »

Je me rends compte que beaucoup de personnes vivaient de grandes difficultés : cancer, divorce, chômage, épreuves morales, vide spirituel...

Et l'astrologue de leur dire « il faut conjurer le sort et venir me voir. Prenez rendez-vous, je vous aiderai »... Un mode de recrutement évident, laissant augurer des revenus certains !

Le lendemain 1er janvier, les belges étant partis, séance de yoga obligatoire : j'y participe mais éprouve de grands doutes quant à la compétence du professeur.

Puis, séance d'hypnose, mais, là aussi, la compétence fait défaut ! ça ne marche sur personne !

Alors on nous fait écouter un disque qui débite un discours anticlérical, méchant, dénonçant une église pourrie et des chrétiens imbéciles... Rien moins que surprenant dans une maison qui s'annonçait chrétienne !

Enfin, lorsqu'on nous réunit pour le « tarot magique » deux dames partent en claquant la porte : c'en était trop ! Moi, je reste pour voir et fait la naïve : « expliquez-nous ! »

La numérologue nous montre alors des dieux égyptiens et grecs avec leurs vertus et leurs vices mais fait preuve d'une méconnaissance totale ! Elle ignorait avoir affaire à un professeur d'histoire ! D'ailleurs, j'ai vu ici bon nombre d'enseignants censés être instruits. Et, partout dans les cartes le diable et l'enfer !

Chacun choisit donc une carte au hasard. Je dis ne pas y croire et voilà la numérologue toute décontenancée. Un inconnu arrive pour la soutenir, la dit très compétente, ancien professeur de mathématiques « elle a reçu un jour l'illumination »... Nous y voilà ! Le mot était dit...

Je suis réfractaire, on me fuit ! Je vois bien que je les gêne...

Le 2 janvier au matin, deux dames et deux messieurs assez réfractaires aussi (ils faisaient bloc sans vouloir se mélanger aux autres) s'en vont.

Malgré les demandes réitérées de plusieurs pensionnaires nous n'avions pas pu voir le directeur : il n'habite pas là ! Le voilà enfin: nous pourrons lui dire nos doléances conjointes avec deux autres dames dont une avocate...

Las ! Ce personnage est un homme à la fois farfelu et très intolérant. Alors que le « portable » n'était pas encore répandu, nous n'avons pas la permission de téléphoner !. Un comble à dix kilomètres de tout village !

L'annonce faisait aussi état de la présence d'un prêtre, nous ne l'avons jamais vu : pourtant, avec d'autres nous aurions bien voulu assister à la messe puisque c'était dimanche !

Ce jour-là, nous sommes plusieurs à vouloir partir d'ici mais on refuse absolument de nous emmener à la gare. Comment faire ? Heureusement une dame qui est venue en voiture nous propose gentiment de nous y conduire.

Dans le train, soulagées, mais affamées nous échangeons nos impressions: sans surprise, elles sont uniformément partagées. La prestation ne correspondait en rien à l'annonce de la revue et nous en sommes pour nos frais. La maison n'était pas vraiment dirigée et l'atmosphère des plus pesantes... Beaucoup de « pensionnaires » souvent jeunes, semblaient drogués et certainement sous alimentés, surtout ceux en long séjour. Ils n'en étaient que plus influençables : des proies toutes désignées pour payer, sans espoir dans de telles conditions, de guérir de leurs drames personnels, souvent très lourds.

Plus tard, j'ai appris que cette maison de famille avait été vendue depuis peu par la tante qui avait pu rester sur place en tant que maîtresse de maison. Elle assumait l'accueil assez bien, mais la gestion lui échappait complètement et le directeur, rarement là, ne s'en souciait pas beaucoup. La revue en question, contactée, a dû modifier son annonce qui devint « Communauté écologique ».

Morale de l'histoire : sur les annonces, des sectes peuvent masquer leur jeu...

VIDER SON SAC

Ce jour-là, j'assure l'accueil au presbytère de R…, en région parisienne.

Les rayons du soleil de juin pénètrent par la fenêtre ouverte, réchauffant, pour une fois, le sombre bureau, lui conférant même un je ne sais quoi de joyeux, une atmosphère d'insouciance estivale. Les roses du massif tout proche, elles-mêmes, faufilent effrontément leur parfum subtil par l'embrasure de la croisée.

Un après-midi calme, peu de passage à l'accueil, juste une à deux démarches administratives et un coup de fil, ce qui laisse à penser que les paroissiens sont assoupis ou en train de préparer les valises des vacances.

N'ayant pour compagnie que la chaleur du soleil, le chant des oiseaux et l'odeur des roses, je me laisse aller à savourer ce moment béni de solitude et de silence si propice à une saine méditation.

Mais soudain, un crissement sur le gravier du jardin me rappelle à la réalité : quelqu'un viendrait-il ? Pas de doute, des pas se rapprochent et, je crois même, se hâtent !

D'un seul coup, la porte s'ouvre brutalement sur un grand gaillard d'une vingtaine d'années essoufflé, en sueur : la chaleur peut-être ? Mais, très vite je comprends pourquoi car l'homme est courbé, écrasé, par un très lourd et très volumineux sac à dos bleu marine qu'il peine à porter. Aussitôt, je l'invite à s'en décharger mais il refuse tout net avec fougue et d'un ton impérieux et demande abruptement :

« Je voudrais me confesser ! »

Requête lapidaire qui résonne étrangement dans le silence ambiant…

Le ton de la voix, l'allure affolée et ce sac exceptionnellement lourd dont il refuse de se séparer métamorphosent instantanément l'atmosphère en une gravité des plus pesantes. Je ressens un certain malaise induit sans doute par celui de l'homme : stupeur et inquiétude mêlées…

Je m'entends lui répondre « ce n'est pas son jour d'accueil mais je crois que le prêtre est là, je l'appelle tout de suite. »

Soulagement… Par chance le père B… est là et vient le chercher pour le recevoir dans son bureau. Les voilà partis tous les deux, le prêtre accueillant, chaleureux, prêt à tout entendre, et l'homme impénétrable, accablé sous son terrible sac à dos…

Je ne connaîtrais jamais, secret oblige, pourquoi cet homme ressentait de manière si impérative et urgente la nécessité de voir un prêtre… pourtant, je ne peux m'empêcher d'imaginer dans ce mystérieux sac à dos le corps plié, tassé, peut-être mutilé d'une femme…

Acte impulsif commis lors d'une dispute, passion dévorante inassouvie, colère intense sitôt suivie d'une terrible prise de conscience de l'irréparable, drame humain, torturant remords...

Bien entendu, je n'ai posé aucune question.

Je n'ai relevé aucune trace de sang sur le sol !

Mais ce visiteur-là, son air tragique, son comportement insolite, resteront gravés à jamais dans ma mémoire.

UNE CENTENAIRE RACONTE

Mon meilleur souvenir, ce sont les vacances de mon enfance chez mes grands-parents maternels en Charente :

L'été, j'y retrouvais ma bande de cousins pour des jeux en pleine nature. L'air était saturé d'odeurs végétales. Deux lilas se rejoignaient en berceau au dessus du grand portail : ils embaumaient.

Nous étions joyeux et espiègles et arrachions des plumes aux poules pour nous confectionner des coiffures d'indiens... Ma poupée Bleuette m'était particulièrement chère, comme à bien des petites filles à l'époque.

Mon grand-père était charpentier menuisier, il aimait le travail du bois, matériau vivant.

Ma grand-mère savait travailler l'osier et nous fabriquait des jouets. Elle épousa mon grand-père lorsqu'il devint veuf avec trois enfants. Avec les neuf qu'ils eurent ensemble, cela forma une grande famille de douze enfants dont ma mère était la benjamine.

Quant à moi, Marie, sa fille, je suis hélas demeurée fille unique. J'étais choyée et bien habillée. J'avais, je crois une belle chevelure brune qu'on prenait plaisir à coiffer en ces belles boucles nommées « anglaises ». Mais, trop solitaire et timide, je manquais de confiance en moi et ne brillais pas à l'école .

Il est vrai que, pour raisons professionnelles, nous changions souvent de résidence : mon enfance fût donc assez chaotique. Mon père avait fait son « Tour de France » puis il créa son entreprise et eut plaisir à former de nombreux jeunes. Cela lui plut beaucoup!

Nous sommes arrivés à Poitiers peu après mon certificat d'études et tout changea pour moi.

A l'école, la maîtresse me dit : « Marie, fais-moi un beau dessin ! » et ce fût un noeud de ruban si réussi qu'elle me dit, admirative : « Eh bien, Marie, tu seras toujours bonne à dessiner ! » Je ressentis alors tant de plaisir à être approuvée, valorisée, aimée, que je devins dès lors la première de la classe.

Plus tard, je fus, parait-il, une jolie jeune fille aux mains fines, que beaucoup de prétendants convoitaient... L'un d'eux tenait un commerce : il ne me plaisait pas beaucoup, mais j'aurais peut-être hésité s'il s'était agi d'une librairie car j'ai toujours beaucoup aimé lire : mais non !

Alors, j'ai fait un mariage selon le voeu de mes parents et ne l'ai jamais regretté.

Mon mari travaillait à Poitiers et il aimait la vie au grand air. Moi même je n'ai pas exercé de profession, préférant m'occuper des enfants.

Notre premier fils, je voulais l'appeler Guy mais mon mari trouvait cela trop court, ce fut donc Robert. Plus tard naquit Florence, dont le prénom fut choisi par le parrain, avec insistance ! J'ai pris ma revanche avec notre troisième enfant: Guy fut alors accepté de bon coeur... C'est lui qui, maintenant, prend soin de moi.

La guerre de1939-1945 fut pour ma famille, comme pour beaucoup d'autres, une période difficile : mon mari a été mobilisé, puis, un temps, prisonnier. Nous habitions Poitiers mais je m'étais réfugiée avec mes trois enfants chez ma mère à la campagne. Heureusement, car la gare, toute proche de notre maison a été bombardée et des éclats d'obus l'ont atteinte . Ils ont même fait tomber un crucifix sur le lit de ma fille : vision terrible !...

Autre émotion: les combats d'avions au-dessus de la ville » : je me revois, assise sur un fauteuil, Guy sur mes genoux, la petite Florence blottie contre moi : elle tremblait fort...

La guerre signifiait aussi les laissez-passer, les restrictions avec les tickets de pain, lait, viande. et même de bonbons !

Il y avait aussi les alertes : il fallait vite descendre à la cave : pas le temps d'emporter quoi que ce soit et d'ailleurs que choisir ? Une jeune mariée, elle, avait pris sous son bras sa ménagère d'argenterie...

Autre anecdote en ces moments où la vie tenait à un fil : une femme dont les bijoux avaient été dérobés les a retrouvés plus tard dans les toilettes de la voisine: Le voleur, surpris, a dû s'enfuir en catastrophe !

Autre souvenir marquant de Marie, notre merveilleuse centenaire : lors d'un retour à Poitiers, elle voit devant chez elle, près de la gare, une multitude de cars et une foule dense : c'étaient les usines Renault qui fuyaient Paris avec tout leur personnel.

Devant le désarroi de tous ces gens ne sachant où loger, Marie offre de bon coeur une chambre pour la nuit à deux dames soulagées et confondues de reconnaissance.

Souvenirs d'une voisine et
amie recueillis en 2008

ENTRAIDE

Depuis plusieurs années je visitais ce couple âgé. Au début, c'est lui qui motivait ma venue : il était en chaise roulante, incapable de tenir sur ses jambes. Aussi, je le promenais au Parc de la Tête d'Or en compagnie de sa femme. Ils avaient cinq enfants, tous déjà indépendants et établis, plus ou moins selon les souhaits des parents... Ils restaient très liés mais n'habitaient pas très près et étaient chargés de famille, aussi ne venaient-ils que rarement les voir.

Aussi, la sortie au Parc leur faisait-elle grand plaisir, ajoutant aux bienfaits de l'air et de la nature celui de la conversation, des échanges amicaux. Car, c'est vrai, je les avais pris en affection. J'admirais cet homme qui, cloué sur son fauteuil, lucide mais courageux, s'efforçait chaque jour de faire un pas ou deux même si cela lui était douloureux : il voulait tout faire pour marcher de nouveau. Peu à peu, il parvint à pousser son fauteuil pendant quelques mètres.

Or, un jour, merveille, ce fut gagné : monsieur B. remarcha, à sa grande joie et à celle de tout son entourage.

Bien plus tard, les rôles se sont inversés : c'est monsieur qui dût prêter main forte à sa femme. En effet celle-ci commença à manifester les signes de la maladie d'Alzheimer et son état s'aggravant assez vite, il fallut la faire entrer dans une maison spécialisée. Malgré l'éloignement, son mari allait fidèlement la voir chaque jour. Elle était plus ou moins consciente mais toujours triste...

La semaine dernière, je suis allée la voir.dans cette maison. Son mari était là et, me voyant arriver, il me prévient : « c'est un mauvais jour pour elle ». En effet, bien qu'elle m'ait reconnue, Madame B. s'est mise à marmonner. C'était un langage incompréhensible... Avec son mari, nous tentions en vain de déchiffrer quelque chose sur ses lèvres. Nous étions dans la salle commune, pourtant nous nous sentions complètement isolés des autres résidents, nous deux avec elle, attentifs et concentrés.

Alors, je me suis assise en face d'elle et, lui prenant les mains, je la regardais intensément et lui dis : « je ne comprends pas ce que vous me dites, vous parlez trop vite. Respirez tout doucement et dites-moi un mot ».

A ce moment-là, elle s'est mise à prononcer celui-là : « Dieu ».

Un peu surprise, car ce couple là n'était pas tellement attiré par les questions religieuses, du moins en apparence, je l'interrogeais : « vous pensez à Dieu ? ».

« Oui », me répondit-elle.

« Vous priez ? »

« M'aider articula-t-elle. Vous voulez qu'on prie ensemble ? »

Elle acquiesça d'un signe de tête. Avec son mari, nous avons alors récité tout doucement un « Notre Père » et madame B accompagnait. Depuis tant d'années, c'était la première fois que nous priions ensemble!...

Mais voilà qu'à notre étonnement, elle prononça ensuite distinctement : « Ça ne suffit pas de prier pour soi, il faut prier pour les autres ! »

« Pour vos enfants peut-être ? », lui demandais-je .

Et, son mari de préciser : « il faut prier pour les morts»

« Nous allons y penser, vous avez raison ! »

Un remue ménage se fit alors dans la salle : c'était l'heure du goûter ! Un essai de convivialité pour toutes ces personnes amoindries par l’âge et la maladie...

Nous étions dans la salle commune d’une maison médicalisée, entourés d’un grand nombre de personnes désorientées : nous l’avions tout à fait oublié car nous venions de vivre tous les trois un moment profond, précieux.

Témoignage de Brigitte,
ancienne infirmière

UNE CACHETTE INSOLITE

Quelle femme, à la veille d'un voyage, prise d'inquiétude, n'a-t-elle pas caché en son logis ses bijoux les plus précieux ? En effet, la police croule sous les plaintes de malheureuses dévalisées en leur absence par des cambrioleurs impénitents !

Pourtant, existent aussi celles qui ont si bien caché leurs joyaux qu'elles ne les retrouvent plus à leur retour : dès lors, la mémoire ne serait-elle pas, à son tour, une perverse dérobeuse de souvenirs ?

Ecoutez ce que m'a confié une amie un an après son voyage, non sans dûment me prévenir de ce risque d'oubli, voleur plus sournois que les cambrioleurs.

Donc, à mon retour de voyage, un peu anxieuse de retrouver la maison intacte, je respire enfin ! Soulagement ! La maison n'a pas été visitée !

Aussitôt, la vie reprend, dense, avec son cortège d'occupations, de rencontres, de peines et de joies, d'évènements. Et les jours s'enchaînent, sereins.

Et voilà qu'arrive un faire-part de mariage, promesse de belles retrouvailles de famille et d'amis, bonne occasion aussi d'arborer ma bague de fiançailles, si belle avec son diamant serti d'or, précieux souvenir empreint de tendresse.

Mais, avant mon voyage, où donc l'avais-je cachée ? Je ne m'en souviens plus, mais cela va me revenir... Je cherche, je cherche dans tous les tiroirs, dans les boîtes et les pots de toutes sortes de la chambre, de la cuisine, du séjour, de la salle d'eau et aussi dans toutes les poches de nos vêtements en penderie... mais rien, toujours rien !

Désespérée par cette recherche infructueuse, inquiète, culpabilisée à l'extrême, je me vois obligée de me résigner à partir au mariage sans ma bague ! Mais j'en suis sûre, je la retrouverai à mon retour...

Cependant, mon mari ne comprend pas : comment ais-je pu égarer un bijou auquel je tenais tant, symbole d'amour et de fidélité ?

Certes, il compatit, mais il ne m'est d'aucun secours dans mes reherches qui restent vaines... et, au fond de lui, il est indigné, j'en suis sûre. Seul mon chien semble comprendre et partager ma peine…

Ô mon cher Black, si tu pouvais m'aider à retrouver ma bague ! Peut-être le sais-tu, toi, où je l'ai cachée ? Il ne fait pas un geste mais son regard est songeur... Sapristi mais il a faim, car, dans mon trouble, j'ai oublié son repas ! Brave Black qui n'osait pas réclamer, tu as bien mérité une récompense ! Allons vite au grenier chercher de ces bonnes fines herbes que je fais sécher après la cueillette, elles parfumeront ta soupe. Un peu de pain dur et le tour est joué : voilà ta provende mon Black, tu l'as bien gagnée…

Je regarde mon chien avec amitié, il me console de mes déboires et sa compagnie est précieuse. Il approche son museau de l'écuelle et, contrairement à son habitude, il fait une pause : méfiance, hésitation, politesse ? Cependant, nos deux regards rivés sur l'écuelle décèlent quelque chose :

A demi enfoui sous les croûtons de pain un éclat brille... J'attrape la cuillère et que vois-je Dieu du ciel ? Oui, *ma bague !* ma bague que je retrouve par miracle dans la soupe de mon chien ! C'est plus que surprenant, bizarre, incompréhensible, mais ma bague est là dans ma main... Comment a-t-elle pu se trouver là ? Et, si back l'avait avalée ?

Trop de chance, trop de bonheur, merveilleux sortilège !

Haletante, je cours montrer la bague intacte à mon mari époustouflé d'apprendre le lieu du recel : les herbes du grenier puis la soupe du chien... La providence a le sens de l'humour et m'a été favorable, ô combien !

Mon chien, quant à lui est à l'unisson, il frétille de la queue et semble ébaucher un sourire quelque peu moqueur…

SUBSTITUTION THÉRAPEUTIQUE

A SARTÉNE :

Mais oui, c'est là ! Nous y voilà, et sans incident, ouf ! Car ces routes corses sont si tortueuses que, si on doit les quitter brutalement, on risque l'accrochage à l'avant ou à l'arrière... En effet, lové entre deux virages, le petit hôtel n'apparaît qu'au dernier moment. Pour l'heure, c'est la halte, respirons donc le bon air du maquis environnant.

Délaissant, pour un temps, l'inoubliable Bonifacio, ses falaises, sa mer ardente en camaïeu outremer et turquoise, sa ville haute qui reçut Napoléon et Charles Quint, son port aux élégants voiliers, ses bateaux de pêche aussi, car d'où viendrait ce délicieux mérou servi au « kissing pigs » bar branché d'anciens marins ? Bonifacio et ses petits restaurants le long du port. Soleil, ambiance vivante, détente sans tapage et sans snobisme.

Douceur de l'air marin, sensations, senteurs, images, heureuses réminiscences !

Nous sommes en Corse, à Sartène sous le chaud soleil d'été.

Mais, pour l'instant, nous voilà devant l'hôtel modeste, excentré de la ville, face à la montagne et au maquis. L'hôtelier est assis dehors devant l'entrée avec des amis. l'accueil est chaleureux, simple, voire bonhomme Mais quelque chose attire notre regard, quelque chose ou quelqu'un ? ...

C'est un chien ! Un très gros chien affalé sur le flanc, vautré de tout son long, le poil ras d'un gris roux improbable, la mine inexpressive. Il est énorme, indécent. Il ne bronche pas à notre approche : il somnole, piètre gardien ! Oublions-le bien vite et allons voir notre chambre.

Calme et agréable, elle ouvre sur la montagne tapissée de verdure. La douche est bienvenue après la chaleur de la route. Nous partons visiter Sartène alignant sur le flanc de la colline ses hautes maisons de granit dorées au soleil couchant, impressionnantes par leur allure sévère, altière. A Sartène, l'artisanat se limite aux produits alimentaires mais le fromage de brebis, le miel et la charcuterie y sont excellents.

Retour à l'hôtel : Le chien s'est réveillé et, stupeur ! nous le découvrons couché devant notre porte comme un ami fidèle, massif. Son maître s'empresse de le faire lever : Efforçons-nous d'être courtois : « Quel est le pedigree de votre chien ? Grand Dieu nous dit-il, ce n'est pas un chien de race pure, c'est un bâtard, descendant de bâtard, mais voyez comme il est gentil et doux ! Et il n'a que trois ans ! » Cela promet à coup sûr quelques centimètres et kilos de plus !

L' hôtelier s'enquiert de nos souhaits pour le petit déjeuner : croissants ou pas ? Le prix varie, occasion pour notre hôte d'une mise en garde aussi sévère qu'inattendue : toutes ces viennoiseries sont à bannir car très néfastes à la santé, il en a lui-même fait les frais. Et de nous faire un état détaillé de sa santé : son inavouable taux de cholestérol n'a été stoppé qu'avec l'arrêt complet des croissants dont il se régalait tant chaque matin (trois au moins). Dès lors il a retrouvé la forme et le voilà mince, chaleureux, volubile, mais à quel prix ! Ce fut si dur qu'un « psy » dût l'aider à trouver un subterfuge. « Euréka, il faut faire un transfert : ma gourmandise sera assouvie si je vois mon chien se régaler à ma place ! » Et c'est ainsi que je donnais à mon chien et à ma place, les trois croissants quotidiens! Il les engloutissait avec un plaisir tel que je le partageais presque autant que lui… Alors, comme il fallait s'y attendre, le cholestérol a migré de l'un à l'autre, mais aussi les kilos !... Rien n'est parfait !.

Tout à la fois docile, complice et complaisant, l'infortuné bâtard devint obèse et apathique.

Le boulanger y trouva son compte et fit refaire sa devanture…

Quant à nous, nous n'avons pas eu la malséance de commander des croissants.

Avec le temps, le chien va-t-il atteindre la corpulence d'un bœuf ? Plus grave, son flegme l'amènera-t-il à faire la sieste jusque dans le lit des clients ?

Mais au fait, comment se nomme ce mastodonte dénué de grâce ? Pataud, Dormeur, Bouboule ? Vous n'y êtes pas ! Cramponnez vous !

Il s'appelle « Ouragan » !

Pour un cataclysme, c'en est un ! Attristé par nos mines éberluées, le maître, tel le père d'un fils médiocre, tient à réhabiliter son chien : « Vous savez, si vous lancez une balle au loin, il peut courir la chercher ! » Tout un programme !

En la circonstance, hélas,le prénom n'a pas réussi à influencer le porteur !..

INCURSION INATTENDUE

Au chalet, c'est une nuit d'été comme les autres, sous le ciel étoilé où le grand silence enveloppe toutes choses : hommes et bêtes se taisent.

Soudain, au coeur de la nuit, un bruit discret nous tire ensemble du sommeil : un léger remue-ménage, de furtifs heurts d'objets et comme un froissement de papier... Un voleur ? Dans ce village tranquille, il n'y en a pas, mais sait-on jamais ? Pourtant, un voleur n'oserait venir en notre présence...

Il faut dire que trois jours avant, j'avais découvert un matin, au potager, consternée, toutes mes côtes de bettes décapitées : plus de ces belles feuilles vertes gratifiantes, mais seulement un restant de tiges à dix centimètres du sol ! Qui donc a pu faire ce carnage ?

Un faisan, un jeune chevreuil, un lièvre aventureux ? Ou alors un hominidé, mais, en l'absence d'empreintes, impossible à deviner. Quoi qu'il en soit, le reliquat a honoré nos assiettes ! Or, surprise, les racines se sont mises à repousser très vite, à reprendre des feuilles et à grandir, comme pour nous consoler, préférant pousser pour nous cette fois-ci...

Mais, revenons à ce bruit insolite qui, bien que léger, nous avait réveillés. Il arrive que, dans l'obscurité un oiseau un peu lourd sautille bruyamment sur le toit, mais là, le bruit vient d'en-dessous ou derrière la cloison, non loin de nos têtes !

Eclairons, cherchons ! rien ! En fait, ce ne peut être qu'une souris... Présence démontrée le matin : des petites crottes sous l'évier en constituaient la signature.

Retrouvons la tapette perdue depuis des années et appâtons-là avec un bout de fromage et nous l'aurons ! Hélas, le lendemain, la souris, débrouillarde, a mangé le fromage et s'est esquivée, ravie de son bon tour. Coquine souris ! disposons mieux l'appât sur cette tapette trop grande !

Hélas il fallut trois nuits pour gagner sur cette souris ingénieuse qui savait déjouer notre piège.

Une nuit, son festin n'en finissait plus, nous l'entendions grignoter avec une indécente application... Au matin, stupéfaction: elle avait creusé de vraies cavernes dans quatre à cinq pommes de terre placées pourtant au fond d'un panier haut de trente centimètres; véritable acrobate, elle a dû s'agripper à l'osier avec ses griffes.

C'en est trop ! Louis applique une stratégie de combat : Il dresse sur la tapette une palissade de petits clous très serrés pour obliger la souris attirée par le fromage à se faufiler dans un étroit couloir. Et le croiriez vous ? Elle a juste eu le temps de satisfaire son désir avant que le déclic de la tige ne lui... donne le coup de grâce ! Telle la dernière cigarette accordée au condamné avant la guillotine...

Le lendemain, victoire, la souris est supprimée : gouttes de sang et longue queue, triste spectacle malgré le soulagement. Je suis malgré moi quelque peu affectée par la mort de ce petit rongeur des champs qui n'avait pas craint de s'aventurer dans la maison des hommes. Elle nous entendait vivre et nous aussi. Nous cohabitions, comme de faux amis, certes, mais une certaine connivence s'était instaurée par le jeu du guet mutuel. Cette petite souris a montré beaucoup d'habileté, de ruse et de détermination pour parvenir à son désir. Hélas, il lui a été fatal ! Elle n'a pas réfléchi aux conséquences de sa faim ou de sa gourmandise... Quelle leçon pour nous, les humains !

Retour au chalet un mois plus tard :

Une toute petite souris a laissé partout sa trace et nous découvrons, stupéfaits, sur la cheminée qu'elle a croqué nos deux fétiches : un hanneton et un scarabée, ne laissant que les élytres !

Or, la pertinence de cette affamée a été enfin, prise en défaut et de bien surprenante façon : découvrez la triste fin de cette souris aventureuse :

Après avoir rongé et fait sauter le bouchon d'une bouteille d'huile en plastique pour atteindre le reliquat du mets convoité, elle fit par le goulot la vertigineuse chute qui lui fut fatale...

Et je découvre, abasourdie, au fond de la bouteille, une jolie et toute petite souris intacte et embaumée dans un onguent parfumé, telle une momie égyptienne.

TRAGIQUE INSOUCIANCE

Ce matin-là, je venais de déposer mes enfants à l'école et roulais tranquillement au volant de ma 4 L. J'abordais la dernière côte lentement. En effet, je savourais avec bonheur, en ce printemps précoce, l'intensité du ciel bleu et la douceur de l'air.

Au-dessus de moi, des oiseaux, en kyrielle, enivrés de soleil, se poursuivaient gaiement : espiègleries ou chamailleries à qui serait le plus intrépide, le plus hardi en vol, le meilleur acrobate, un vrai carrousel !

Oh ! Voilà que soudain, je vois s'approcher dangereusement de ma voiture deux oisillons chahuteurs : Attention, vous allez vous blesser ! Je freine sec aussitôt... trop tard hélas ! Un choc mat sur le pare-brise, c'est l'impact de leurs petits corps ! …

Aussitôt, je ressens comme un coup de poignard au coeur en voyant, horrifiée, dans mon rétroviseur leurs deux minuscules silhouettes sur le macadam...

Quelle tristesse ! Hélas, je n'ai rien pu faire, ils se sont jetés sur mon pare-brise et pourtant je roulais si doux... Je songe à m'arrêter sur le bas côté pour les recueillir et les déposer avec précaution dans l'herbe : ce ne sont que des nouveau-nés si fragiles... Je ne l'ai pas fait et le regrette, mais je n'oublierai jamais ces deux oisillons si jeunes, inexpérimentés, qui jouaient, insouciants, dans les rayons du soleil...

Désormais les voilà inertes …

Certes, je n'en suis pas responsable mais j'ai causé involontairement la mort de deux oiseaux encore maladroits et trop audacieux qui voulaient vivre.

Cet instant funeste où la vie s'est arrêtée m'a marquée car on ne peut s'empêcher de penser à la dangereuse témérité de la jeunesse humaine…

Oui, la vie est un trésor mais combien il est fragile !

UN MATIN Á GANAGOBIE

Connaissez-vous l'abbaye romane Notre Dame de Ganagobie, perchée sur un promontoire qui domine de très haut la vallée de la Durance ?

Prenez la petite route qui monte en lacets entre pins et chênes verts et laissez-vous pénétrer de la beauté de ce site exceptionnel, de son silence et de l'accueil chaleureux des moines.

Vous ne l'oublierez plus !

C'est le matin, mais tout semble dormir encore car tout est calme et silencieux. J'ouvre doucement la fenêtre et je regarde :

Je vois la nature qui s'éveille. Le soleil naissant apporte une chaude tonalité à tout l'espace. En cette saison d'été, la terre est encore tiède. Les arbres s'ébrouent délicatement. Quelques moineaux sautillent en quête de nourriture.

Tout près, tel un gardien sûr et bienveillant, se dresse un « borie » centenaire, bel ouvrage construit pierre à pierre par les bergers d'antan, témoin de l'écoulement des générations, de la pérennité de la vie.

Plus loin, le potager et le verger. J'aperçois un abricotier ployant sous le poids de ses branches chargées de lourdes grappes, qu'on pourrait, en ce lieu religieux, qualifier de « chapelets » de fruits dorés et mûrs à point. Comme une mère sur le point d'accoucher, il attend lui aussi sa délivrance, confiant, avec le sentiment du devoir accompli. Il pressent déjà le bonheur qu'il va offrir, et n'oublie pas de rendre grâce au ciel pour cette merveille renouvelée chaque année...

Mais soudain, comme à l'unisson, dans le ciel déjà bleu, s'égrènent les sept coups de la cloche du monastère qui appellent à la prière !

PLUIE D'ÉTÉ

Sombre journée : ciel plombé, touffeur de l'air, pas d'éclair, pas de tonnerre… On sent l'orage imminent, pourtant tout est suspendu, le silence même semble en attente...

Cependant, peu à peu, imperceptiblement, l'air semble se rafraîchir : on le pense, on en est sûr, l'orage avec son fracas de tonnerre et d'éclairs s'est abattu mais très loin…

Aussitôt, on respire mieux…

Et soudain, sur le bord de l'orage annoncé, elle apparaît cette queue d'orage, mais comme une sage pluie d'été, tiède, délicate, apaisée, précieuse : elle se déploie comme une harmonieuse parure... Pourquoi évoque-t-elle en moi l'image d'une traîne de mariée ?

Oh ! La belle ondée !

Comme la jarre dispense l'eau vive à celui qui a soif, l'ondée s'épanche sur la terre asséchée, la désaltère et l'assouplit... clapotis régulier, doux et mesuré, comme des notes de musique au milieu du silence, instant magique : c'est le retour de la vie suspendue.

Soulagée de l'accablante chaleur, la nature respire, exhale les odeurs de terroir, de feuillages, de fruits mûrs. Les fleurs se penchent, souffrent un peu, mais restent confiantes, elles savent ce qu'elles doivent à une pluie douce. Toutes les bêtes, tous les oiseaux se sont tus, en attente. On ne perçoit que le murmure de la pluie qui tombe, tombe, régulière et pérenne...

Un étonnant apaisement se diffuse sur tous les vivants : on le ressent au fond de soi comme l'accomplissement d'un événement longtemps espéré.

Soudain, l'ondée cesse, un rayon de soleil se risque à l'horizon, au loin jappe un chien, l'arbre s'ébroue, deux hirondelles rayent le ciel, un merle tout joyeux donne le signal, entraînant la gent ailée dans ses vocalises, et dans la prairie, les insectes réveillés bourdonnent:

C'est la fête ! Et tout notre être, à l'unisson, se dilate en un hymne à la vie, joie et grâce pour ce jour béni.

Oh ! La belle, la bénéfique ondée !

ORAGE EN VERCORS

La chaleur est moite, étouffante, des nuages gris, et lourds se bousculent, des éclairs zèbrent le ciel plombé suivis des roulements sourds et menaçants du tonnerre. Les grondements se succèdent, s'intensifient, se rapprochent, et, soudain, l'orage éclate !

En quelques minutes, c'est un torrent d'eau : les trombes lourdes, violentes, s'abattent sur la terre altérée en un fracas bruyant qui affole et fait réfugier les oiseaux sidérés sous les toits.

Sous l'orage, le monde vivant est comme pétrifié : chacun subit, impuissant, la loi irrépressible de la nature, bienfaisante ou maléfique selon ses caprices. Le vacarme de l'averse étouffe tout autre bruit. On ne perçoit que celui de la pluie qui claque fort sur les sols nus et les toitures, faisant surgir quantité de petits geysers, et celui, amorti, sur les frondaisons des arbres.

Dans le jardin se forment des torrents, ravinant les terrains et les plantations qui, avides d'eau bénéfique ne réclamaient pas toute cette violence... Oh ! Mes pauvres phlox au teint d'opale rose, comme vous souffrez et pleurez ce saccage ! Votre délicate parure se métamorphose en misérables loques. Je devine votre inquiétude : « nos corolles vont-elles refleurir ? Et si tout parfum, toute beauté nous désertaient, allons nous perdre tous les soins et l'amour de notre jardinière ? »

Seuls, les arbres encaissent l'orage sans se plaindre, exprimant leur satisfaction en un murmure confus. Quant au buis robuste, il reste stoïque, n'osant dire ouvertement son bonheur de jouir de cette eau bienfaisante après la chaleur. Lui, a la chance de résister à toutes les batailles du ciel, à l'abri de ses innombrables feuilles vernissées qui se comportent en autant d'utiles boucliers.

L'orage se déchaîne dans le jardin, favorable ou meurtrier selon la nature des espèces, on est impuissant, il faut attendre... et rester confiants dans la puissance de vie !

Au bout d'un long moment, progressivement, l'averse cesse, le silence revient, le ciel s'égoutte... Est-ce la fin ? Une hirondelle se risque à la cime du frêne, mais se replie vite sous le toit : trop tôt, il faut attendre ! Elle a compris avant nous : en effet, brusquement, l'averse revient et tout recommence, le fracas, les trombes d'eau. Vite aux abris ! Hommes et bêtes se terrent, jusqu'à la prochaine trêve, peut-être pas la dernière...

UNE DISPARITION

Un heureux hasard m'a fait retrouver une amie perdue de vue, suite à son départ dans une autre région. Nos enfants avaient fréquenté le même collège près de Paris et nous avions sympathisé. Nous évoquions les vieux souvenirs lorsque soudain elle se troubla et sembla vouloir me confier un ancien mais douloureux épisode de leur vie de famille. Voilà ce qu'elle me raconta :

Julien l'aîné de nos trois enfants, était un lycéen heureux avec un cursus scolaire normal, aimant le sport, les amis et la vie de famille. Il venait d'avoir son bac.

Or, quelques temps après, sans raison apparente, Julien n'est plus rentré à la maison. Mais où pouvait-il bien être ? Et pourquoi lui, si confiant avec nous n'a-t-il rien dit ?

Plusieurs jours passent sans nouvelles : dans l'entourage, personne ne l'a revu, ni famille ni amis ! Nous sommes déconcertés : Julien, notre fils, a disparu et l'inquiétude grandit de plus en plus…

Nous ne pouvons rien tenter légalement car Julien est désormais majeur. Mais que lui est-il arrivé ? A-t-il été enlevé ou entraîné ailleurs contre son gré, car il était d'habitude ouvert avec nous et nous ne pouvions le penser partir où que ce soit sans nous le dire…

Les jours s'épuisent, jours tristes sans couleur : Nous ne comprenons pas, nous culpabilisons. Qu'avons-nous raté ? Quelle parole inconséquente avons-nous dite qui l'aurait blessé au point de nous fuir nous, ses parents, mais aussi son frère et sa sœur stupéfaits et peinés ?

Cependant, il y a bien quelque chose que Julien n'a pas accepté :

Il avait amené à la maison une jeune fille qui ne nous a pas plu : que lui reprocher ? Rien de sérieux sinon son allure et sa façon de s'exprimer inhabituelles dans notre famille et entourage. Julien a senti nos réticences… mais surtout, après le départ de la jeune fille, nous l'avons dissuadé de la fréquenter : « ce n'est pas ton genre, tu en trouveras bien une autre, à *notre* idée » Julien se fâcha, nous reprochant nos jugements intempestifs et rétrogrades.

Puis, on n'en parla plus.

Cependant Julien, lui, dans son for intérieur, restait secrètement blessé et très peiné mais ne le montrait pas.

C'est peu de temps après pendant l'été qu'il disparut emportant le pécule de son job de vacances, ses papiers et des vêtements, nous l'avons constaté par la suite…

Nous espérions très fort qu'une fois le coup de tête de la blessure affective passé, Julien reviendrait vite à la raison. Il n'en fut rien !

Mais au bout de huit jours, nous commencions à nous inquiéter sérieusement car personne n'avait de ses nouvelles… Imaginez nos torturants regrets, notre souffrance de parents. Nous ressentions l'absence de notre aîné comme l'amputation douloureuse d'un membre vital de la famille…

Les jours, les semaines passent, émoussant, usant l'espérance…

Au bout de six semaines, pourtant, consultant sans espoir mes SMS, je bondis soudain incrédule : ais-je bien vu ou est-ce un mirage ? Oh mais oui, c'est bien notre Julien qui nous donne de ses nouvelles ! « je vais bien, ne vous inquiétez pas, je me débrouille, bise». C'est concis, mais quel soulagement, quelle émotion ! Julien est vivant, julien va bien ! C'est l'essentiel ! Vite, partageons ce bonheur avec son père , son frère, sa sœur

Alors, la patience, l'espoir et la joie renaissent, bien qu'aucun retour ne soit en vue, mais Julien a eu à cœur de nous rassurer.

Que penser ? Surtout ne rien brusquer ! Il fallait réfléchir pour comprendre l'attitude de Julien, et aussi revoir notre comportement à son égard : notre fils a grandi, il est désormais majeur et revendique son indépendance !

Alors, coûte que coûte, et non sans peine, il fallait accepter cette période de silence, de difficile séparation et laisser le temps faire son œuvre.

Heureusement, trop rarement mais régulièrement nous parvenait un message court mais rassurant et bien réconfortant. Julien pensait à nous ! Nous répondions affectueusement, donnant des nouvelles et terminant par un « à très bientôt » des plus éloquents… Mais l'attente fut longue, terriblement longue… Une véritable épreuve pour toute la famille.

Or, voilà qu'au bout de deux ans, un beau jour, jour merveilleux, Julien est revenu!

Julien nous a serrés dans ses bras, nous ses parents, son frère, sa sœur ! Longuement…

Moments d'intense émotion…

Puis, calmement, Julien nous a raconté comment il s'était fait embaucher à Nice, dans un hôtel restaurant où il a pu loger. Il trimait, mais il gagnait sa vie, il était libre et heureux !

Nous l'avons trouvé mûri, capable désormais de faire par lui-même les meilleurs choix pour sa vie. Et c'est ce qui s'est passé !

PAR LA FENÊTRE

C'était un 14 juillet, par une de ces chaudes et joyeuses journées d'été qui incitent tout citadin à fuir au grand air, à la campagne. Cette année là, la Fête Nationale ouvrant sur un week-end de trois jours, la ville en était d'autant plus désertée.

A notre tour, nous partons en voiture et, quittant le quartier, nous dépassons trois ou quatre carrefours. Déjà plus personne alentour, et nous voilà dans la ceinture verte non loin du Rhône; pressés de retrouver les vastes horizons. Je rêve déjà aux champs de blé, aux montagnes, aux eaux courantes et regarde distraitement par la fenêtre... Nous allons enfin pouvoir rouler plus vite...

Soudain, un spectacle inattendu accroche mon regard : vision brève, fugitive mais tellement insolite qu'elle me fait pousser une exclamation de surprise : non loin de la route, sur un terre-plein herbeux déserté par les voitures, déserté par tout passant, quelqu'un était là, tout seul !

Assis sur un pliant, tout menu, bien mis sous sa casquette, un homme était là. Ce n'était pas un indigent et il m'a rappelé instantanément les amoureux de Peynet : Il était là tout seul et,

il jouait du violon !

En un éclair, j'avais perçu avec quelle tendresse il tenait son instrument et quelle expression de douceur illuminait son visage... Il était là, seul ? Mais non, son violon était avec lui!

Et pour qui jouait-il cet étonnant petit homme ? Pour le ciel ou la terre, pour le vent, pour charmer le feuillage au-dessus de lui ? Quel secret message transmettait donc la danse de son archet ? Quelle musique intérieure ? Etait-ce l'ardente attente d'un amour désiré ou la nostalgie d'un autre perdu à tout jamais ?

Je n'ai pas pu comprendre, je n'ai pas eu le temps...

Lui prenait son temps. Sans doute espérait-il que la nature entière soit à l'unisson de son coeur, qu'elle écoute et partage sa peine ou sa joie...

Ou, peut-être jouait-il seulement pour lui-même, pour le bonheur d'exister tout simplement, exister, vivre, encore, encore...

Pourtant, je crois qu'un auditoire invisible et attentif, plein de tendresse sans doute, se tenait là, auprès de lui... Et je suis sûre qu'il le percevait intensément.

Mais moi qui par hasard passais par là, pourrais-je oublier cet émouvant petit homme qui jouait du violon, tout seul, dans cet endroit désert ?

ÉTONNANTE COMPLICITÉ

Des mois, des années que, périodiquement, nous passions en voiture sans la voir. Pourtant, un jour, nous la découvrons, tranquillement accoudée tout au bord de la Nationale, mais pourquoi ce jour-là a-t-elle accroché particulièrement notre regard ?

A demi envahis par une vigne vierge foisonnante dont nous avons pu observer la croissance au fil du temps, porte et volets invariablement clos, cette maison ne laissait pas de nous surprendre : maison durablement désertée, mystère!

Pourtant, elle semblait encore tenir debout cette toute petite maison : un étage, deux fenêtres, et en bas une porte et une fenêtre toujours closes, un tout petit jardin à l'arrière avec quelque arbre fruitier.

Bâtie assez loin du village, cherchait-elle une tranquillité depuis longtemps balayée par l'accélération de la circulation ? Ou bien les derniers occupants se sont-ils éteints sans descendance ?.

Quoi qu'il en soit, je décelais du charme à cette maison, une personnalité singulière : La vigoureuse végétation de la façade lui conférait un air pimpant, infusant de la vie à défaut de celle des humains...

C'est ainsi qu'elle m'apparut, timide et pourtant fière, offerte sans façon au regard des passants, silencieuse, gardant jalousement, malgré tout, des secrets qu'elle hésiterait à confier .

Pourquoi a-t-elle ainsi captivé mon regard au point que je la guettais à chaque passage, au point que je la sentais elle aussi me guetter, me faire signe ?

Ainsi s'élabora une secrète connivence évoluant peu à peu en vraie complicité empreinte d'amitié car cette petite maison ne laissait pas indifférent : elle n'était pas triste bien qu'elle soit vétuste et inoccupée, mais, à coup sûr, elle demeurait pour moi une énigme..

Peut-être faut-il en chercher la clé dans les souvenirs qu'elle conserve vivants mais secrets.

Je devine les derniers occupants: un vieil homme tout courbé d'avoir tant bêché son jardin pour nourrir ses enfants, la vieille mère encore vive et gaie, en tablier à carreaux, cuisant ses confitures, tous deux proprets, faisant leur toilette du dimanche dans le tub rempli avec des marmites d'eau chaude, écoutant ensemble la radio égrenant des nouvelles, peut-être de la guerre... laquelle ? Lointaine ou impliquant de la famille proche ?

Je pressens les enfants dispersés, trop loin d'eux, mais pas de leurs coeurs encore vibrants d'affection. Les fils ont amené leur promise, les filles leur amoureux. Comment ont-ils été accueillis ? On peut imaginer les joyeuses réunions de famille, le café pris dans le jardin sous le pommier, moments heureux !

Mais peut-être aussi de l'inquiétude, la maladie, des douleurs terribles, un accident et, qui sait, un fils disparu ou mort à la guerre... Et la vieillesse, qui a frappé le premier le grand-père, mort sans avoir revu ses petits enfants. La grand-mère lui a survécu quelques temps courageusement s'attachant à son chat, puis s'est résignée à rejoindre sa fille à la ville.

Et ce fut tout ! La maison, désertée, ne peut plus vivre que de souvenirs.

Certainement à l'intérieur il doit rester des traces de ces existences, des objets, un fichu, des chaussons, des lettres, des photos, tout ces souvenirs posés, pliés, endormis là, témoins muets de l'affection d'une famille, des joies et peines se succédant au long des années et des générations.

Mais l'imagination permet de construire d'autres hypothèses: après tant d'années d'abandon comment se fait-il que personne ne revendique la propriété de cette maison, qu'aucune parenté même lointaine ne se soit manifestée ? Un mauvais sort lui aurait-il été jeté ? Ou est-elle devenue une redoutable maison hantée par un angoissant fantôme ? S'y serait-il commis un crime, l'assassin ou la victime revenant par les nuits sans lune effrayer les vivants ou réclamer justice ?

Il doit être plus sage de respecter le mystère…

MESSAGER DE NOËL

C'était à la mi-janvier, dans cette grande ville impersonnelle où tu semblais perdu. Il n'y avait ni neige ni pluie ni brouillard, seulement un vent glacial et un ciel sombre et triste. Je suis passée et je t'ai vu, j'ai vu ton air éploré.

Tu étais là, sur le trottoir, si esseulé, adossé, cramponné au tronc d'un platane comme pour te rassurer, toi, si jeune, si fragile encore. Tu paraissais si abattu et tu avais perdu tes couleurs... vraiment, tu m'as fait pitié...

J'ai tenté de te consoler, de te remonter le moral en te rappelant les jours passés, ces jours, récents encore, où tu avais été à la fête:

Rappelle-toi, tu siégeais au chaud, dans le grand salon tout éclairé de vives lumières. Toi-même, tu étincelais sous les yeux éblouis des enfants. Rappelle-toi les cadeaux, la musique joyeuse, l'ambiance chaleureuse... tout le monde t'admirait, te louait, te remerciait d'être là.

A ces moments-là, éperdu de joie, tu oubliais tout.

Tu oubliais jusqu'à ta belle forêt natale, sombre, odorante, mystérieuse, la chaude compagnie de tes frères, les furtifs passages des bêtes nocturnes, le frôlement amical des oiseaux, tout cet univers qui était tien..

Mais hélas voilà que je ravive le souvenir terrible de ce moment crucial qui a changé le cours de ta vie en te coupant de tes racines, en t'emportant au loin, épanchant ta précieuse résine à jamais perdue... Que de larmes alors !

A vrai dire, t'a révélé le bûcheron : pour toi, ce voyage ne serait pas un plaisir durable mais plutôt un devoir ! Tu étais né pour cela, pour offrir ta vie, faire des heureux; c'était ton destin et il fallait l'accepter. Ainsi ta vie aurait du prix, un sens, cela n'en vaut-il pas la peine ?

Et tout s'est passé ainsi : Tu as accompli ta destinée, tu as sauvé l'honneur, tu as réussi ta vie de sapin de Noël, l'ordre des choses est respecté, tout est bien!

Alors, ne soit pas triste, pense à la joie que tu as fait naître, ferme les yeux et reste blotti contre ce grand platane protecteur qui, lui, ne connaîtra jamais pareille apothéose. Bientôt te rejoindront mille frères qui vécurent la même aventure que toi; leur solidarité t'aidera à garder confiance : ensemble vous irez résolument vers le terme de votre destin, vous serez métamorphosés au sein d'un grand feu dansant, lumineux, magnifique... Mais chacun de vous restera un vivant souvenir pour tant d'êtres humains, petits et grands.

Petit sapin, je suis passée et je t'ai vu. J'ai senti ta peine, ta tristesse, ta nostalgie... console toi et ne regrette rien: ton destin a été merveilleux et je te remercie d'avoir offert ta vie. Moi non plus, je ne t'oublierai pas, petit messager de bonheur toujours fidèle et cher à tous.

Alors, j'ai cru entendre dans le souffle du vent les paroles de reconnaissance du petit sapin désormais serein...

HOMMAGE À MON VIEUX PULL

Ô mon cher vieux pull !

Tu as tant vécu que te voilà presque hors d'usage, mais comme cela sera difficile de me séparer de toi ! Je ne puis imaginer cette conjoncture qui ne laisserait pas de nous peiner tous les deux...

Laissons le temps faire son ouvrage et songeons plutôt à te remercier, toi, fidèle compagnon de mes équipées, discret serviteur de mes nécessités quotidiennes.

Sûrement tu as oublié ta lointaine origine : tu es né de la douce toison laineuse d'un superbe mouton de Cornouailles qui, sans doute, t'a transmis un goût d'aventure. Mais ensuite, que de bouleversements pour toi ! Comme le nouveau-né quitte le sein maternel, tu as dû laisser à la tonte le corps doux et chaud de ton mouton. Puis tu as subi quantités de manipulations éprouvantes : lavé, filé, tricoté ou tissé et j'en passe, mais ta nature déjà vigoureuse t'a fait résister, et te voilà transfiguré, de nouveau sur un dos, le mien !... Et j'en rends grâce au ciel !

Car, tu es toujours là, à mes côtés pour combattre l'ennemi : vent coulis ou froidure, sournoise humidité, émotion soudaine qui me fait frissonner...

Ta douceur, ta chaleur me soulage des maux de l'âge, me redonnent vie! Avec toi, j'ai marché sur les sentiers de randonnée, gravi les sommets du Vercors, pérégriné partout.

Tu étais là aussi quand je sortais gelée de la mer bretonne, quand l'orage me rattrapait sur la lande.

Tu étais toujours à mes côtés quand j'avais besoin de chaleur ou de réconfort et tout allait mieux !

Jamais tu ne te plaignais : roulé en boule dans mon sac à dos ou noué à ma ceinture, tu te faisais tout petit, tout léger et si utile. Tu ressortais du lavage à grande eau avec plus de souplesse, de lustre, de vigueur, et tu te trouvais prêt à servir de nouveau avec promptitude ton amie fidèle qui vieillit avec toi... et surprise, quand, régénéré, tu partageais avec moi ces compliments : « Oh ! Mais tu as un pull neuf et beau qui te va bien, où l'as-tu acheté ? » Toi et moi, ne nous privions pas d'en rire sous cape : quel magicien tu fais !

Ah ! Mon cher vieux pull, modèle d'abnégation, tu as pratiqué à mon égard bien des qualités humaines : attachement et capacité à pardonner quand je te malmenais quelque peu, souplesse de caractère, serviabilité, endurance, humour même qui t'a toujours permis de transformer le négatif en positif comme un mystificateur de bon aloi, un lutin bienveillant. Quelle rare personnalité, précieuse, inestimable, voire inaltérable ! Serais tu donc toi aussi, éternel ?

Cher vieux pull, tu as vraiment droit à toute ma considération et ma reconnaissance et si c'était autorisé, je t'attribuerais bien la médaille du mérite, arborée par tant d'humains qui n'en sont pas dignes...

BOIS VIVANT

Au seuil de sa retraite professionnelle, Louis, rétif à l'oisiveté, sentit éclore en lui un désir enfoui de création artistique. Il se souvint qu'enfant, il avait façonné avec bonheur de fins petits avions en écorce de pin. Déjà l'attirait cette matière aux dons multiples : le bois, si varié, si vivant. Il aimait son contact doux ou rugueux sous la main, ses couleurs, ses odeurs selon les essences : noyer, chêne, buis, tilleul, bouleau, érable... Chaque bois a sa propre personnalité.

Alors s'imposa tout naturellement le choix de la sculpture sur bois! Restait à s'y former mais la motivation était forte. Alors affluèrent bûches, billots, branches de toutes sortes et volumes apportées par l'entourage. Il fallait choisir un bois sec, sans fissures, exempt de vers ou insectes. Mais Louis préférait encore dénicher ses trésors en folâtrant par monts et vallées ou dans le lit des torrents où l'on trouve du « bois flotté » poli par les eaux. Une souche, une branche noueuse, tordue ou à plusieurs rameaux, attirait son attention et éveillait l'inspiration.

Progressivement, le savoir-faire s'affina et l'on vit surgir au fil du temps de belles et originales créations : bestiaire ou sujets humains en ronde-bosse ou en bas-relief : têtes de romain, de prophète, de déesse, vierge à l'enfant, et, dans une branche triple, un Faune entouré d'une fouine et d'un échassier, des silhouettes féminines, un masque moqueur, un visage de Sioux dans le bois rouge de Wellingtonia…

Un jour, je le vis ramasser dans les rochers du Vercors une souche de genévrier inextricable et boueuse. J'étais sceptique : que va-t-il bien pouvoir tirer de ce magma ? Mais, lui, avait l'œil exercé… Alors suivit un long et patient travail de nettoyage, puis un minutieux et précis travail à la gouge, au burin, au ciseau… et, peu à peu, j'assistais à la lente transformation de la souche de genévrier. Je n'en croyais pas mes yeux lorsque surgit…

Mais laissez-moi vous conter ce que m'a inspiré cette imprévisible métamorphose :

De l'incertain chaos minéral, une tige ligneuse a jailli, bardée d'épines mais prodigue en baies opportunes : foisonnante vitalité du végétal !

Pluie et rosée l'ont abreuvée, mais les grands vents l'ont desséchée, les durs hivers l'ont torturée. Contrefait, Genévrier a dû lutter pour garder sa personnalité !

Voilà qu'un jour, sous mes yeux médusés, dans la souche malmenée, je crois voir un être exsangue, prisonnier de boue et de gangue : est-ce un dragon, une chimère, un tour de l'imaginaire ?

Oh ! surprise : sous les doigts inspirés, apparaît l'animal rêvé : lézard ou salamandre ou bien être mythique ?

A tout le moins un être fantastique tout droit surgi du minéral chaos !

Comme un défi à l'impossible !

4 RUE DE ROME

J'ai rêvé l'autre jour une étrange histoire..

C'était par une tiède matinée de mars où l'on sent le printemps proche quoique timide encore; mais déjà les bourgeons commençaient à s'ouvrir et les oiseaux s'agitaient dans les arbres.

J'assistais à une conférence de presse : la voix du conférencier rompait le silence, régulière et monotone, trop monotone... Je détournais les yeux sur l'assistance une minute... ou plus, je ne saurais le dire, puis-je les ramenais sur le conférencier dont le discours devait bien avoir quelque intérêt. Mais, que m'arrivait-il ? Je le fixais mais ne percevais qu'une masse sombre, imprécise, mes oreilles n'entendaient qu'un bourdonnement dénué de sens, une sensation vague, indéfinissable m'envahissait : inquiétude, tristesse ou bonheur imprévu ? Je n'osais me l'avouer et relevais les yeux sur le conférencier. Mais, peine perdue, mon regard revenait irrémédiablement sur l'auditoire, en un point bien précis : ces yeux me regardaient toujours, pleins de douceur... ceux d'un homme où se mêlaient jeunesse et maturité, audace et gravité : brun, le teint mat, il émanait de sa personne je ne sais quelle charmante distinction. J'avais très vite perçu tout cela et peut-être bien autre chose ! Pourtant, je fis un effort pour me raisonner et détourner ces pensées vagabondes...

Tout à coup, l'assistance se leva se dirigeant vers des tables couvertes de revues et journaux. Je suivis le mouvement comme un automate et me mis à les parcourir, mais mon esprit était ailleurs : je souhaitais de toutes mes forces que cet homme s'approche de moi !

Le brouhaha m'était pénible dans cette salle surchauffée et pleine de monde.

Soudain, levant les yeux, je sursautais : il était là, devant moi, si près ! Pourtant il avait dû être difficile de se frayer un passage jusque là. Il feignait de lire les revues mais je le voyais relever la tête et me regarder à la dérobée. A mon tour, je posais sur lui mon regard mais n'osais prolonger... Quoi qu'il arrive, je ne pourrais jamais oublier ce visage, l'impression en était trop forte !

Il se fit alors un remous dans la foule et je compris que, la conférence terminée, la salle se vidait. Je ressentis aussitôt une profonde tristesse: il allait partir, il allait me quitter cet homme au regard que j'aimais ! Pourtant, ce n'était que folie de ma part, dangereuse illusion, il allait partir et nous ne nous reverrions plus, jamais plus, et moi, pourrais-je oublier ?

Mais que se passait-il ? Un frôlement sur mon épaule me fit sursauter : je rencontrais alors son regard, sa main, et sans réaliser vraiment ce que je faisais, je pressais ma tête contre son épaule. Je revois encore le tissu, la texture de son vêtement, mais j'ai été folle d'agir ainsi... quelques secondes et je retirais ma tête, murmurant un pardon. Il me sourit : indéfinissable, merveilleux sourire que j'emporterais comme un précieux cadeau… Mais un ami l'appelait, il se retourna, ils devaient partir ensemble. Alors, il me prit la main et la pressa; je la pressais aussi avec émotion… Il me dit alors dans un souffle « 4 rue de Rome, je regrette, vous viendrez ? »

Je restais pétrifiée en le regardant s'éloigner avec son ami et disparaître derrière la porte.

J'avais envie de pleurer, mon coeur débordait, je revins

presque en courant chez moi et, me jetant sur mon lit, je relâchais dans les pleurs toute cette incroyable émotion..

« 4 rue de Rome » me répétais-je sans cesse « 4 rue de Rome »... Je ne connaissais pas cette rue, n'étant que de passage pour cette conférence. Il fallait me renseigner au plus vite !

Dans la fièvre, je consultais tous les annuaires de ma ville et des villes voisines, tout d'abord sans succès, puis victoire, j'ai trouvé ! Désormais, tout ce qui pouvait m'arriver m'était indifférent.

Il faisait très beau temps lorsque je partis. Les jonquilles étaient en fleurs dans cette riante ville de l'ouest parisien. Un parfum de printemps flottait dans l'air. J'avais le coeur gonflé d'espoir et d'allégresse. Mais, peut-être étais-je folle, le jouet d'une illusion ? Un guet-apens ? Impensable ! Et puis lui, il avait pu se raviser... Pourtant, je ne sais pourquoi, j'avais une confiance inexpliquée mais illimitée et je laissais l'espoir m'envahir.

Je marchais allégrement sur le pavé de ce quartier tranquille. Des enfants jouaient sur le trottoir, des passants souriaient, le monde entier semblait me souhaiter la bienvenue : le ciel était bleu, les hirondelles virevoltaient et un clocher égrenait joyeusement l'heure, quelle heure ? Qu'importe ! C'était l'heure de tous les espoirs.

J'arrivais au 4 rue de Rome: Un immeuble ancien de trois étages. Mon coeur battait. Je demandais à la gardienne si elle connaissait les habitants car j'ignorais le nom de « l'ami » : « Que des gens très gentils » me dit-elle : « au premier un médecin, au second un vieux professeur et un jeune couple, au troisième un monsieur seul toujours aimable; il parait qu'il écrit des livres et on entend de la belle musique chez lui. On dit qu'il est un peu original ».

Je la remerciais, elle m'avait renseigné plus que je ne l'espérais. Je découvris son nom sur la boîte aux lettres : désormais, je n'avais plus rien à craindre, il était sûrement le fameux écrivain dont, comme beaucoup, j'avais entendu parler.

Je gravis quatre à quatre l'escalier jusqu'au troisième mais repris mon souffle avant de sonner, percevant la musique classique qui émanait de chez lui et que j'aimais moi aussi. Quelques secondes et l'on ouvrit : c'était lui ! Il sursauta puis me sourit en me faisant entrer : « J'ai cru que c'était la lingère s'excusa-t-il », je suis très heureux que vous soyez venue. Tous les jours, je vous attendais, je n'étais pas sûr que vous viendriez». Il avait le même regard profond et doux que lors de la conférence. Je sentis des larmes me venir aux yeux mais je les refoulais. « Dès l'instant où je vous ai vu » dis-je, « j'ai souhaité vous revoir mais comment vous retrouver sans connaître votre nom et pire votre ville ! Mais j'ai cherché et trouvé et j'en suis heureuse ». Il me prit la main comme au premier jour en me regardant puis il mit la musique en sourdine.

« Aimez vous la musique classique ? Mais oui beaucoup ! N'est-ce pas du Tchaïkovski ? »

Il s'assit à côté de moi sur le divan. Des rayons de soleil filtraient jusqu'à nous. Peu de meubles mais une bibliothèque pleine de livres, une table basse couverte de revues, deux fauteuils Louis XVI et un tapis oriental. Au mur quelques aquarelles. J'aperçus aussi sur son bureau un encrier et une plume d'oie et, devant ma surprise il me dit « c'est purement décoratif car j'écris avec les moyens modernes ». J'étais séduite par tout ce qui émanait de lui et de son environnement car je partageais ses goûts littéraires, artistiques, musicaux; Il parlait de son travail, sa famille, ses projets. J'étais sous le charme de sa voix douce, puis il me pria de lui parler un peu de moi et je lui dis ma recherche de beauté en toutes choses. Nous étions sur la même longueur d'ondes !.

Le temps passait très vite, la nuit tombait, je devais partir, c'était une évidence !

Un monde était passé depuis la fameuse conférence... Henry de M.. car, c'était bien lui, m'offrit de me raccompagner en voiture; j'acceptais. Nous arrivâmes chez moi trop vite :

Il allait falloir nous séparer ! Nous étions tristes mais pleins d'espoir... j'étais émue et ne pouvais articuler un mot. Alors il me demanda de sa voix déjà si chère si j'accepterais de vivre avec lui pour la vie..

C'est alors, que soudain, j'émergeais de mon rêve…

RÉMINISCENCES

Petite enfance à Tournon:

Le passé surgit parfois dans nos mémoires de la manière la plus inattendue : jours oubliés, jours envolés de notre enfance, où fuyez-vous ?

Par quel miracle perce, ça et là, à travers la brume, une image fugitive où je revois des moments précieux, émouvants, dramatiques ou parfois même, insignifiants de mon enfance...

Je retrouve les moments où nous nous blottissions dans le lit-cage plié comme dans une secrète et fabuleuse caverne, et l'arbre à trésors du jardin où nous cachions cailloux et tessons de verre colorés. Et ce petit seau de bois rouge rempli de miel que m'avait envoyé pour Noël ma marraine : délice rare et inattendu en ce temps de guerre (1944). Avec lui, je détenais un pouvoir discrétionnaire : la fratrie y goûtait «au mérite» et la sagesse exigeait d'échelonner ce plaisir suprême sans favoritisme. Ce fut ma première expérience de gestion d'un patrimoine!

Je ressens encore l'inquiétude qui m'étreignait lorsque je traversais le pont suspendu au-dessus du Rhône à Tournon : il grinçait et oscillait et je voyais, entre les lattes disjointes, le flot tumultueux et je serrais plus fort la main de ma mère...

Dans la rue, je croisais parfois une somptueuse voiture noire attelée de deux chevaux parés de pompons argentés et de grelots, de franges et d'arabesques : spectacle fascinant ! Pourquoi ne pas y monter pour une promenade et comment expliquer l'absence de tout passager ? Mais on riait en se moquant de moi car c'était un corbillard.!

Je me souviens aussi avec émotion des grandes crues du Rhône : la puissance du fleuve submergeant impunément les berges, tel un géant mythique incontrôlable, m'impressionnait vivement.

En ce temps-là, Tournon était sous occupation allemande et des officiers s'étaient installés dans la maison voisine. Un planton en uniforme se tenait en face, près du portail de notre jardin et, à chaque passage, même nous les enfants, devions montrer notre laissez-passer. Nous en avions un peu peur mais sans raison. En effet, le jour où nous avions renversé le bidon à lait et restions consternés, il avait pris part à notre désarroi. C'était, en effet, une grave maladresse en ce temps de restrictions alimentaires où tout n'était attribué qu'avec des tickets très limitatifs !

De temps en temps, la sirène retentissait : C'était l'alerte aux bombardements ! Il fallait vite descendre à la cave ! Il faisait sombre et, une fois, nous avons vu courir un gros rat… Nous nous serrions les uns contre les autres, terrifiés, muets.

Mais notre insouciance d'enfants reprenait vite le dessus et nous regardions passer sous les fenêtres des pelotons de «Boches» marchant au pas en chantant ! Nous observions aussi avec curiosité les ébats d'un ivrogne notoire mais nos frères affirmaient qu'en représailles, il allait venir nous attraper, aussi n'étions-nous pas rassurées d'aller seules dans le jardin. Parfois le lycée fermait, à la joie de nos frères, mais hélas pas des parents.

J'avais trois ans lorsque j'allais à l'école pendant le séjour de maman à la maternité: il y avait Soeur Blanche âgée, douce et gentille et une autre jeune et méchante, malencontreusement nommée Sœur Rose, une insulte pour une si jolie couleur ! Nous étions si serrés sur le banc que nos « bâtons » sur le cahier n'étaient pas droits et nous eûmes de très sévères remontrances malgré notre âge tendre. Je ressentis de l'indignation et découvris la notion d'injustice

En hiver, mieux valait ne pas oublier son mouchoir et ce n'est pas sans effroi que je revois l'exemplaire unique de la classe, mais l'hygiène n'avait pas encore découvert les services incomparables du papier .

N'étaient pas non plus de mise pour les filles les pantalons et collants et le Mistral glacé nous bleuissait les cuisses.

Mais voilà, à cet âge, j'ai quand même connu mon heure de gloire : à l'épicerie, juchée sur un tabouret, moi qui fut si timide plus tard, je chantais « Pif Paf est un pantin en bois peint très drôle et très malin » et l'auditoire ravi applaudissait. Une minute plus tard, on me retrouvait dans les savons de Marseille y enfonçant les ongles pour en sucer le contenu ! Mes douloureuses engelures aux pieds et aux mains justifiaient ce moyen de combler les dures carences alimentaires de la guerre…

Vacances dans les monts du lyonnais :

Juillet 1944

L'état des esprits n'était pas à l'euphorie, pourtant, les grandes vacances arrivaient et nous étions pressés de partir : mémorable départ dans la Citroën bourrée jusqu'au toit : dans le chaos de la guerre, étions-nous sûrs de pouvoir revenir ?

Après nous avoir déposés à la campagne notre père est reparti à Tournon, constatant hélas que notre appartement avait été dévalisé et saccagé. Pire, il voit avec horreur les Allemands prendre et fusiller des otages ! Lui-même a eu très peur car, arrêté aussi, il n'a dû sa survie qu'à son travail de médecin, valorisant les qualités humaines, ce qui les a touchés...

Nous passions donc l'été dans la grande et vétuste maison de l'oncle Emile, dans les monts du Lyonnais, grand-oncle merveilleux qui nous fascinait avec son fin lorgnon sur le nez et son éternelle lavallière à pois. Il élevait des abeilles et récoltait le miel, nous laissant goûter aux rayons tièdes. Naturaliste passionné, il nous fit découvrir sa collection d'oiseaux empaillés, d'insectes et papillons, le tout assez poussiéreux mais soigneusement étiqueté. Le grand parc avec des arbres immenses, des résineux à pommes de pin grosses comme des ananas, un fouillis de lierre et un bassin à poissons rouges, un enchantement !

A la cuisine officiait Antoinette, ancienne et très chère nounou de notre père, sa « Tane », si vieille, si dévouée et attachée à nous. C'était la guerre et la pénurie. Aussi nous apprenait-elle à tirer parti de ce que pouvait offrir la nature : châtaignes, champignons, pissenlits, merises, noisettes, groseilles à maquereaux et même les glands qui, grillés, pouvaient fournir un ersatz de café. Elle faisait frire du pain perdu avec ce sucre roux de la guerre revenu à la mode.

Une fois, elle entreprit de faire de la confiture avec les groseilles du jardin. Nous attendions avec impatience de lécher le chaudron, mais hélas, Tane n'y voyait plus très clair et, croyant verser du sucre, elle versa de la lessive… Catastrophe ! Terrible méprise qu'elle ne saura jamais se pardonner. Il fallut jeter, avec quel regret ! l'odorante gelée rouge…

Et je ressens encore aujourd'hui l'atmosphère lourde, dramatique de cette funeste journée.

Ère de privations :

Cet été-là, la pénurie persistant dans tous les domaines suscitait des prouesses d'imagination. Nous manquions de chaussures et mon frère aîné nous confectionna des sandales inédites et opérationnelles : semelles en pneu noir, lanières en chambre à air rouge ! Superbe travail dont nous étions fières et qui ont traversé les vacances.

Sous l'occupation, les sources de protéines étaient rares. Que ne vivions-nous près de la mer où nous aurions pu pêcher quantité de poissons: ici, veaux, vaches, cochons s'étaient volatilisés, sans doute réquisitionnés par l'occupant. Seules demeuraient deux ou trois vaches laitières et quelques volailles. Alors nous élevions des lapins qui se contentaient d'herbe. On en sacrifiait un de temps en temps le dimanche. Un vieux bonhomme crasseux, le marchand de peaux de lapins passait dans les maisons pour l'occire et, tenez-vous bien, en manque, lui aussi, il disait se régaler de la vermine accrochée aux peaux ! Vraiment, nous n'avions pas le coeur à l'imiter !

Un jour, nous étions tous autour de la table familiale, les yeux fixés avec envie sur le plat de lapin fumant plein de promesses... Traditionnellement on réservait le foie, morceau le plus reconstituant à la petite sœur si fragile. C'était normal et admis par tous : silence... Papa découpe et met le foie dans l'assiette de notre petite sœur.

Alors, moi, avec toute la naïveté et la générosité de mes quatre ans, voulant à tout prix sauver ma petite soeur, je demande : Maman, quand je serai morte, est-ce que l'on donnera mon foie à petite sœur ? Eclat de rire général... je reste toute désappointée...

Soyez gentil, n'accordez aucun crédit à mes frères qui, des années durant, ont rapporté mes paroles en les contrefaisant ainsi : « Maman, quand on me tuera... »

Ils n'en étaient pas à une espièglerie près, affirmant sans rire, que pendant la guerre, poussés par la faim, nous avions mangé deux de nos sœurs ! Pourquoi toujours des filles ?

Oh ! Je revois avec bonheur ces étés chauds de notre enfance, le tapis de primevères, et les violettes et les chaussons aux pommes cuits dans le jardin dans un ancien petit four en fonte et qui ne pâtissaient pas d'une averse soudaine car un grand parapluie venait à la rescousse et nous nous régalions encore bien d'avantage sous l'arc-en-ciel…

Par les tièdes nuits d'août, tous ensemble sur la terrasse, nous guettions, silencieux, les étoiles filantes en leur dédiant un vœu cher à notre cœur et, si elles se dérobaient, nous nous consolions avec les vers luisants.

Les vacances empiétaient alors sur le mois de septembre, aussi pouvions nous profiter des noisettes et croquer ces avelines si jolies dans leur pellicule rose. Du haut du cèdre, les écureuils nous épiaient « pourvu qu'ils nous en laissent » semblaient-ils dire.

Il y avait un puits où l'on pouvait, à dix ans, tirer un seau sans craindre désormais la mal nommée Tire-vieille. Il fallait contrôler le mouvement du treuil et, lorsque le seau atteignait l'eau puis remontait à la margelle, nous avions l'impression d'avoir abreuvé un cheval assoiffé.

Parfois, après l'orage, nous ramassions avec compassion un petit oiseau tombé du nid et lui faisions un nid douillet. Sensible à nos soins, il allait se remettre… Mais non, trop vite, il fallait préparer l'inhumation : adieu pauvre petit, ta vie fut trop courte ! Silencieux, nous remontions du jardin songeant que la Nature, source de tant de merveilles peut aussi se montrer cruelle, un sentiment nouveau se faisait jour en nous, celui de la fragilité de la vie.

La nouvelle maison :

Octobre 1945

Après les difficultés de la guerre, nous quittions Tournon pour la banlieue de St Etienne et, pour la rentrée scolaire, nous emménagions dans la nouvelle maison qualifiée de vétuste et mal chauffée et aussi trop loin de la ville ce qui compliquait les scolarités mais chacun a fait face.

Moi, j'avais cinq ans et je venais d'entrer dans un paradis Cette maison était pleine de mystère avec sa tour qui lui donnait l'allure d'un vrai château, les vitraux multicolores de la chambre des parents et même la faïence à arabesques de la cuvette des toilettes.

Il y avait un bureau américain qui s'enroulait, découvrant une multitude de tiroirs secrets et un piano qui aurait pu jouer tout seul s'il n'avait été détraqué.

Mais le plus fabuleux, c'était le grenier, véritable caverne aux trésors : vaisselle ébréchée, vieux bouquins, malle aux dentelles, et robes d'autrefois et aussi quantité de rubans et passementeries qui ont fait la joie des filles. Il faut savoir qu'à cette époque, en région stéphanoise, presque chaque maison possédait un atelier de passementerie et la nôtre n'avait pas fait exception car, étant louée meublée, après la cessation d'activité, tous ces trésors étaient restés là.

Le jardin aussi était merveilleux avec son lilas mauve et blanc dont les grappes embaumaient au printemps, le grand marronnier, source d'émotion lorsque notre frère grimpait comme un singe jusqu'à la cime et que nous retenions notre souffle, angoissés à l'idée d'une chute mortelle, jusqu'à ce que, enfin, nous le retrouvions sain et sauf à nos pieds, bien vivant…

Pour cette fois !

Les beignets d'acacia :

Pendant la guerre, la famille avait beaucoup souffert des restrictions alimentaires : rutabagas, topinambours étaient supportables mais qui n'évoque sans effroi « le mou » spongieux ou le « gras double » qui collait à la langue !

Après ces privations, Maman se fit une joie de nous préparer des mets délicieux dont elle avait le secret. Ah ! les merveilleuses rissoles à la viande, sortant dorées et croustillantes de la friture, les bugnes de mardi gras, les chaussons aux pommes et aussi les gâteaux de blé moulu à grands tours de moulin à café. Elle nous fit découvrir aussi les beignets de fleurs d'acacia:

Ces beignets là, pourtant délicieux, gardent pour la famille, une saveur douce amère et leur histoire reste gravée dans les mémoires comme le signe tangible que la Providence n'a cessé de veiller sur nous :

A la nouvelle maison, les grands acacias penchaient leurs rameaux fleuris au-dessus du toit et, de là-haut, il était donc facile de cueillir ces fleurs. Ce rôle était réservé à l'aîné, un droit d'aînesse comme un autre ! On accédait au toit par une petite porte tout en haut de la tour. Ce haut toit rouge se détachait sur le ciel bleu. Louis, perché au sommet, concentré, officiait. D'en bas, un peu anxieux, nous regardions tomber à ses pieds les grappes blanches et odorantes.

Mais soudain, stupeur ! Tout là haut, une petite voix claire appelle : Louis, Louis ! C'était notre petite sœur (3 ou 4 ans) qui, grimpant toute seule par la tour, avait rejoint le toit et en était toute fière... d'un bond, Louis se retourne et maîtrisant son émotion, intime d'un ton sans réplique : « Marguerite, assieds-toi tout de suite !

En bas, nous les frères et soeurs, pétrifiés, muets, gorge nouée, nous assistions à la scène, mesurant notre impuissance... la maison était si haute, le toit si pentu et, en bas, la terrasse cimentée si dure ! Instants suspendus, angoisse…

Mais voilà: miracle ! Marguerite obéit Louis avance pas-à-pas, la prend par la main et la ramène doucement au bercail.

Nos coeurs crispés, se détendent enfin : nous avons eu si peur !

Ce jour-là alors, serrant dans nos bras notre petite sœur, nous sentions que nous avions échappé à un bien grand malheur...

Tobie et flocon :

Nos parents, traumatisés par les restrictions alimentaires de la guerre, avaient décidé d'élever deux moutons, réserve vivante de nourriture pour notre nombreuse famille. L'espace et l'herbe étaient assurés dans notre grand jardin… Mais nous, les enfants, repoussant dans un avenir incertain les visées réalistes de nos parents, nous rêvions à nos petits agneaux frisés ! Vous allez voir ce qu'il en fut:

Nous avions choisi avec amour des prénoms d'une douceur biblique pour ces deux agneaux dont nous attendions l'arrivée avec impatience. Des images de scènes pastorales emplissaient nos esprits : la reine Marie Antoinette et ses agneaux enrubannés, La Fontaine et son attendrissant petit agnelet…

Nous étions conscients de notre nouvelle responsabilité et nous préparions des rubans roses et bleus tout en révisant nos chansonnettes :

Les voilà ! Les voilà !, de toute part fusent les cris de joie et de bienvenue. Vivent nos jolis agneaux !

Or, sous nos yeux abasourdis, apparurent dans le pré, deux solides vauriens de moutons qui avaient dû apprendre les mauvaises manières dans leur vie antérieure…

Nos rêves en restaient quelque peu perturbés… Enfin, c'était ainsi et nous adoptâmes Tobie et Flocon. Ces deux-là coulaient des jours heureux mais semblaient peu réceptifs à nos leçons d'éducation. Leur excitation était incroyable, surtout à notre approche Ils fonçaient sur nous et nous cognaient de leur crâne dur !

Nous élevions aussi quelques lapins et il fallait traverser le pré à moutons pour aller leur cueillir les herbes fraîches qu'ils affectionnaient : serpolet, séneçon, trèfle, etc....

Un jour, au retour de cette cueillette, je me dépêche de retraverser l'enclos avant que les « vauriens » ne m'aperçoivent, vite, vite, la barrière est là, toute proche...Trop tard ! Les voilà déjà qui foncent sur moi et salivent devant mon verdoyant panier, ils veulent tout brouter ! Ils me poussent, je recule et me débats... peine perdue ! En dernier ressort j'ai une idée : je mets le panier sur ma tête. Qu'ai-je fait ? Tout à coup Tobie se dresse face à moi et horreur ! met ses deux pattes sur mes épaules !

Erreur fatale, il est vrai, mais je tiens bon : « Non, Tobie, tu n'auras pas l'herbe de mon panier ! »

A mes cris, quelqu'un vient à mon secours et se saisit du panier. Sauvée, pour cette fois !

Désappointés, les moutons me laissent tranquille enfin...

Qui a dit que les moutons sont doux comme des agneaux ?

Quelque temps après, comme prévu mais sans procès de notre part, Tobie et Flocon expièrent leur forfait entre les mains du boucher du village, une nuit, sans témoins... Mais, à leur décharge et à leur fierté ils ont participé à notre bonne santé. De profundis !

La gifle

Geste barbare aux yeux des enfants d'aujourd'hui, qu'on ne peut effleurer impunément, la gifle était à l'époque, chose assez courante. Méritée, nous l'acceptions; injuste, elle n'en était que plus cuisante... Ce fut le cas d'une gifle que je reçus vers mes neuf ans. Sans rancune, je l'avais oubliée mais ma jeune sœur m'a rappelé cet incident incongru qui l'avait si fort indignée.

Ces années-là, la scolarité de mes sœurs et moi, était assurée par deux vieilles demoiselles qui avaient insisté pour cette mission auprès de mes parents. Ce fut une erreur sur bien des points. Enfin, c'était ainsi. Nous allions chaque jour chez les demoiselles B..., connaissant par cœur tous les cailloux du chemin et croisant inévitablement les mêmes personnes, la plus ponctuelle étant pour nous « la pendule ».

Nous ne craignions pas trop la plus âgée, Mlle Elise, qui, aux beaux jours, nous faisait étudier dans le jardin. Par contre, Mlle Aimée, sa sœur, « jeune vieille fille » était, en dépit de son prénom, beaucoup plus redoutable...

Ce dimanche-là, nous assistions à la messe, mes sœurs et moi. Les demoiselles B... étaient à quelques bancs derrière.

A l'époque, à la communion, tout un rang venait s'agenouiller le long de la nappe blanche devant le chœur, mouvement commandé au son du « claquoir » !...

De retour à ma place, j'étais censée me recueillir en baissant les yeux... Las ! mon regard se porta sur Mlle Aimée qui revenait à son banc.

La cérémonie se termine, l'« Ite missa est » libère tous les fidèles sur le parvis de l'église pour les salutations d'usage.

Au fond de ma mémoire je retrouve quelques personnages colorés:

Monsieur le maire et son épouse toujours dignes

Le boulanger Pétrus non enfariné mais endimanché

Le marchand de charbon Bayard dénué de poussière noire

Le marchand de vin à peu près dégrisé.

Il faut dire que la plupart des hommes « prenaient » la messe dehors en blaguant entre eux.

L'élégante du village, madame Montagne qui chantait le Credo d'une voix aiguë, très droite sous sa fourrure dont les effluves me donnaient mal au cœur… Mais pourtant, ce désagrément était compensé par la vision étonnante du petit museau chafouin de son « renard argenté ». C'était alors la mode : les femmes exhibaient d'un air inspiré, les têtes des pauvres bêtes sacrifiées à leur coquetterie…

C'est alors que Mlle Aimée m'aborde et, à ma surprise, me reproche vertement de l'avoir regardée lors de son retour de la Communion. Alors moi, innocemment mais en bonne logique, je rétorque du tac au tac :

« Mais, mademoiselle, si vous m'avez vu vous regarder, c'est que vous aussi, vous aviez les yeux ouverts ».

Insolente ! clame-t-elle et ***clac!*** la gifle s'abat violemment sur ma joue, à la grande indignation de ma petite sœur.

Je n'ai toujours pas compris la gravité de ma faute d'alors… et vous ?

Autre temps, autres mœurs !

En 2 CV :

Chère « Dodoche », que de souvenirs surgissent à l'évocation de ta destinée, si emblématique des années cinquante !

Ce jour-là, nous roulions joyeusement dans la campagne ensoleillée des Monts du Lyonnais, traversant bois et prairies, villages et hameaux...

Notre aînée était aux commandes. A l'arrière, capote découverte, nous, ses soeurs, humions l'air, debout cheveux au vent. Malgré tout, il était prudent de s'asseoir dans les virages car « Dodoche », facétieuse, nous aurait volontiers éjectées sur l'herbe... Mais vous allez voir qu'une aventure imprévue nous attendait :

Nous roulions lentement sur cette route que nous qualifions des « petits lapins » car ils étaient nombreux à nous épier sur les talus et nous aiguisions nos yeux pour les surprendre.

Après un virage, nous étions prudemment assises et roulions lentement. Soudain la petite route traversa les bâtiments d'une ferme, au milieu d'une basse-cour en pleine effervescence : canards, dindons, poules et coqs s'envolèrent dans un nuage de plumes... Dodoche se frayait à grand peine un chemin, nous chantions à tue-tête, sans parvenir à couvrir le tumulte des volailles affolées qui, sautaient jusque sur le capot croyant, bien à tort, y trouver refuge ...

Mais, oh stupeur ! Voilà qu'atterrit lourdement, sur mes genoux... devinez quoi ?

dans un tapage indescriptible de pattes et d'ailes: ***une poule!***

Mais oui, une vraie poule bien vivante, tout aussi effrayée que moi... Quel choc! Quelle émotion ! Stupéfiante intrusion dans notre univers serein ! J'en tremble encore ! Paralysée un instant, je trouve assez d'esprit pour ouvrir la portière et pousser dehors l'encombrante volaille qui ne daigna pas même nous laisser un oeuf en péage !

Mais la fermière accourt déjà, les bras au ciel : « Holà ! Ma poule, ma belle galline ! »

Elle n'a rien de grave votre poule, madame la fermière, sinon, comme nous, une forte émotion. Elle est arrivée par le toit sur mes genoux et elle est déjà loin, impatiente de raconter à ses commères son incroyable aventure...

Derrière elle, condescendant, le coq rassemble ses compagnes et s'éloigne dignement tel un souverain de (basse) cour.

Chère « Dodoche », souviens-toi, après quelques hoquets amusés, tu repris ta route pour de nouvelles équipées, laissant derrière toi une fermière, rassurée, mais perplexe :

« Mais enfin, ma galline qu'avais tu dans la tête, simple soif d'aventure ou désir de promouvoir la mémorable 2 CV ? »

Nous n'avons jamais connu la réponse...

A vrai dire, notre enfance ne nous quitte jamais et la revivre nous rend la fraîcheur d'âme que nous retrouvons avec plaisir chez nos petits-enfants.

MON PERE

Ce fut si subit, si net, si fort...

Cela m'a impressionnée si profondément que, incapable d'en parler, j'ai gardé longtemps le silence... Aujourd'hui, des années après, j'éprouve le besoin de parler.

C'était l'automne, mon mari et moi revenions d'un voyage de quelques jours et nous retrouvions nos activités. Je devais quant à moi reprendre en mains l'écolier dont je m'occupais après la classe. Je savais mon père plus fragilisé par son grand âge. Il avait attendu notre retour, comme je l'espérais et j'étais bien décidée à aller le voir très vite, tout juste dans quelques jours à cause de mon petit élève. Il faut dire que l'éloignement compliquait notablement les choses : en effet, de Paris, il fallait rejoindre le petit village des Monts du Lyonnais.

Peu après, mes soeurs m'appellent car mon père faiblit et je prends aussitôt le train pour Lyon. Je trouverais bien un membre de ma nombreuse famille pour me conduire en voiture au village à une quarantaine de kilomètres... mais à l'arrivée, manque de chance, personne au bout du fil ! Que faire ? Je prendrai donc le car malgré les trois heures d'attente qui me contrarient bien. Mais je ne doute pas d'arriver à temps malgré tout.

Enfin dans le car !

Pendant le trajet, je ne cesse de penser à mon père, à tout ce qu'il nous a appris et donné... Je l'en remercie du fond du cœur. Je pense aussi à sa personnalité, à sa vie droite, bien remplie avec son travail de médecin et sa nombreuse famille et à ses qualités d'humaniste que tous lui reconnaissaient...

A ce moment même, je l'ai compris après, mon père traversait ses derniers moments dans les bras de maman... Il quittait cette terre en douceur, sereinement, dans sa maison, entouré des siens... son dernier regard était tourné vers le ciel.

Quand, enfin, j'arrivais à destination, c'était fini, mon père venait d'expirer...

La nouvelle m'atteignit comme la foudre et je restais pétrifiée sous le choc de la déception : j'aurais tant voulu le revoir une dernière fois vivant, lui parler, l'écouter puisqu'il avait gardé toute sa tête... Un poids énorme pesait sur ma poitrine. Je m'en voulais de n'avoir pas sû déceler l'imminence de ce départ. Je culpabilisais...

Et ma soeur qui me signifiait d'attendre pour le voir !... On était en train de le préparer. Ensuite on l'installerait au rez-de-chaussée.

Attente insupportable... je suis dans l'escalier, tentée de monter mais n'osant enfreindre la consigne... Je suis oppressée; mon père doit m'en vouloir de n'avoir pas pu ou voulu me libérer à temps, comme mes frères et soeurs, pour lui dire au revoir, pour l'embrasser une dernière fois... Lourd remords, peine, tristesse... Je me sens comme dans une chape de plomb et respire difficilement...

Soudain, c'est extraordinaire : je sens mon père là, oui je le sens là, à mes côtés, tout proche, il est là et il me fait comprendre clairement qu'il ne m'en veut pas, qu'il sait que je l'aime, que cela n'a plus d'importance... puis il s'éloigne...

A ce moment-là, tout d'un coup, le poids qui m'oppressait s'envole et disparaît... je me sens complètement soulagée, de nouveau calme et sereine... je n'en reviens pas: mon père dont le corps reposait là-haut dans la chambre était pourtant là, à mes côtés, présence invisible que je ne saurais décrire, mais une présence réelle, vivante, et il m'a transmis son message affectueux. Cela n'a duré que quelques secondes mais cela a suffi, oui, et de façon fulgurante, à transformer complètement mon état d'esprit… de nouveau je respirais, de nouveau, j'étais en paix. Maintenant aussi, j'acceptais... et, désormais, je comprenais profondément que la mort corporelle n'annihile pas la personne mais qu'elle continue d'exister, mystérieusement.

Cette expérience intense, étonnante, inoubliable, je l'ai ressentie comme un don personnel, comme un cadeau précieux et secret de mon père destiné à me réconforter, et peut-être aussi à réconforter ceux qui voient disparaître des êtres chers...

C'était le 14 octobre 1992

TABLE DES MATIÈRES

SAUVETAGE 7
SOUVENIRS D'UN MÉDECIN DE CAMPAGNE 11
LA VENUS DE MILO 13
MIRACLE EN MONGOLIE 16
EN PROCÈS 21
EN CORRECTIONNELLE 23
USURPATION DE DOMICILE 25
Á DEUX DOIGTS DE LA CATASTROPHE 27
PLONGÉE DANS L' INSOLITE 30
VIDER SON SAC 35
UNE CENTENAIRE RACONTE 37
ENTRAIDE 40
UNE CACHETTE INSOLITE 43
SUBSTITUTION THÉRAPEUTIQUE 46
INCURSION INATTENDUE 49
TRAGIQUE INSOUCIANCE 52
UN MATIN Á GANAGOBIE 54
PLUIE D'ÉTÉ 56
ORAGE EN VERCORS 58
UNE DISPARITION 60
PAR LA FENÊTRE 63

ÉTONNANTE COMPLICITÉ 65
MESSAGER DE NOËL 68
HOMMAGE À MON VIEUX PULL 70
BOIS VIVANT 72
4 RUE DE ROME 74
RÉMINISCENCES 79
MON PERE 93

N° 879712 - *Imprimé en France*